路遥小说中的景观与人

刘雪萍 著

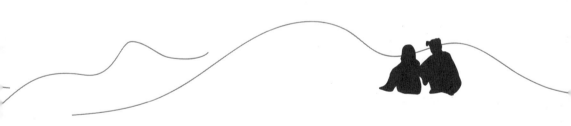

中国海洋大学出版社
·青岛·

图书在版编目（CIP）数据

路遥小说中的景观与人 / 刘雪萍著 . —青岛：中国
海洋大学出版社，2022.6
ISBN 978-7-5670-3196-8

Ⅰ.①路… Ⅱ.①刘… Ⅲ.①路遥（1949—1992）—
小说研究　Ⅳ.①I207.42

中国版本图书馆CIP数据核字（2022）第112033号

路遥小说中的景观与人

LUYAO XIAOSHUO ZHONG DE JINGGUAN YU REN

出版发行	中国海洋大学出版社
社　　址	青岛市香港东路23号　　　**邮政编码**　266071
网　　址	http://pub.ouc.edu.cn
出 版 人	杨立敏
订购电话	0532-82032573（传真）
责任编辑	董　超　　　　　　　　**电　话**　0532-85902342
印　　制	青岛中苑金融安全印刷有限公司
版　　次	2022年8月第1版
印　　次	2022年8月第1次印刷
成品尺寸	166 mm×230 mm
印　　张	8.75
字　　数	119千
印　　数	1～1200
定　　价	68.00元

发现印装质量问题，请致电0532-85662115，由印刷厂负责调换。

序 言

刘雪萍的博士论文《路遥小说中的景观与人》即将出版，她希望我为书稿写一篇序言，勉力为之。刘雪萍在攻读硕士学位期间接受了较为系统的作家作品研究训练，到上海大学攻读博士学位三年间，仍然从事着当代文学作家作品研究，学术水平有了很大的提升。

在浏览书稿后我认为，作者从空间的角度切入路遥小说文本，在文学地理学、文学景观的视阈下分析路遥小说，与以往单纯站在乡土的立场上对乡土的赞美，或站在启蒙立场上对乡土的批判，抑或从城乡二元对立视角将路遥作品理解为"文明与愚昧"的冲突等研究有了不同，为路遥小说研究带来方法论层面上的启迪。本书导论部分梳理文学视野中的路遥及其研究现状并说明研究路径与方法；前两章对路遥小说中的高家村、双水村以及沙漠等乡土景观和县城、黄原城、铜城煤矿以及省城等城市景观进行解读；第三章以对路遥小说人物的城乡流动—农民进城的时代语境的分析为基础，阐释城乡景观中的典型人物形象，乡村知识青年、乡村"能人"、乡村女性、城市女性等；结语部分围绕路遥及其作品对当下文学创作的启示及贡献展开论述。我读完感觉整部书写得比较认真，对路遥小说中城乡景观的分析，探索和创新的意义比较大。毋庸讳言，有些章节话题似乎是点到即止，没有进一步开掘，希望今后雪萍能够再接再厉，继续深入探讨，在学术研究上更上一层楼。

是为序。

刘东方

2022年春

目 录

导论

路遥的小说创作主要集中在20世纪80年代这一当代中国社会发展的转型时期，其小说文本十分关注这一时期中国城乡社会生活中发生的种种变化，力求"全景式反映中国近十年间城乡社会生活的巨大历史性变迁"。路遥"用历史和艺术的眼光观察在这种社会大背景（或者说条件）下人们的生存与生活状态"，写出了《人生》《平凡的世界》等一系列在新时期文学创作中具有代表性的作品，呈现出了中国农民"走向新生活过程中的艰辛与痛苦"，展示了"城市和农村本身的变化发展，城市生活对农村生活的冲击，农村生活城市化的追求意识，现代生活方式和古朴生活方式的冲突，文明与落后，资产阶级意识与传统美德的冲突"①等等。可以说，路遥对社会转型时期的书写，是他用文学的方式表现历史普遍意义的一种尝试。在新世纪的时代语境中，回望路遥在改革开放之初所创作的反映当时城乡社会生活变迁的文学文本，就具有了史的意义与价值。

一、文学研究视野中的路遥

根据学者梁向阳在《路遥研究述评》一文中的梳理与总结，学术界对路遥及其作品的研究大致呈现如下状况：

---

① 路遥.早晨从中午开始［M］.北京：北京十月文艺出版社，2012.

从内容上看，路遥研究主要集中在两个方面：一是文本研究；二是作家研究。从时间上划分，路遥研究可分为三个阶段：第一阶段是由《惊心动魄的一幕》发表到《人生》产生"轰动"时期，主要集中在对作品的评论；第二阶段是长篇小说《平凡的世界》出版到1991年荣获第三届"茅盾文学奖"时期，评论家们一方面重点关注路遥对现实主义创作方法的丰富与贡献，另一方面研究其创作心理，形成了路遥研究的高潮，出现了一系列有深度的评论文章；第三阶段是路遥逝世至今，是路遥研究的系统化阶段，出现了一些学术专著。①

第一阶段的研究主要集中在路遥作品的评价以及路遥小说创作风格的描述方面。《可喜的农村新人——也谈高加林》（梁永安，1982）、《一个孤独的奋斗者形象——谈〈人生〉中的高加林》（曹锦清，1982）、《简论高加林的悲剧》（雷达，1983）、《高加林和刘巧珍——〈人生〉人物谈》（蔡翔，1983）、《执着而严肃的艺术追求》（白烨，1983）、《在交叉地带耕耘——论路遥》（王愚，1984）、《深沉宏大的艺术世界——论路遥的审美追求》（李星，1985）等一系列研究成果的发表，明确指出了高加林这一人物形象在新时期文学中的典型性以及路遥小说"深沉""宏大"的美学特征，并且明确了路遥善于在"城乡交叉地带"构筑其小说世界、表现其审美理想的写作特色。这一阶段对路遥小说创作的研究基本上是以人物形象为主的文本解构和阐释，并没有深入路遥文学创作心理的阐释方面，也没有从文化和时代背景等方面对路遥小说进行解读。

第二阶段的研究主要集中在对路遥小说创作的现实主义风格的论述方面。《现实主义的新创获——论〈平凡的世界〉（第一部）》（曾镇南，1987）、《无法回避的选择——从〈人生〉到〈平凡的世界〉》（李星，1987）、《在现实主义的道路上——路遥论》（李星，1991）等论文的相继

---

① 梁向阳. 路遥研究述评［J］. 延安大学学报（社会科学版），2003，25（1）：89.

发表，确认了路遥在现实主义创作道路上的新成就。在《平凡的世界》的评论方面，通过对小说文本的细读，学术界认为路遥在小说中塑造的孙少安、孙少平等人物形象是对高加林这一典型形象的突破。此外，《孙少安与孙少平》（丹晨，1987）、《力度与深度——评路遥〈平凡的世界〉》（白烨，1991）、《史与诗的恢宏画卷》（雷达，1991）、《长篇小说的整体把握》（黄毓璜，1991）等研究成果在对路遥的长篇小说创作进行解读后，给予了路遥作品"史诗性的品格"的新定位。该阶段对路遥及其作品的研究有一个极为明显的特点，即从对路遥小说文本的关注转向对其文学创作心理的研究，并取得了以《矛盾交叉：路遥文化心理的复杂构成》（李继凯，1992）、《路遥的意识世界》（肖云儒，1993）等学术论文为代表的研究成果。

第三阶段在前两个阶段的研究基础上研究方法进一步多元化、系统化、专业化和学术化。一是出现了一批研究路遥及其作品的学术专著，二是出版了一批路遥研究资料，三是发表了众多悼念路遥的文章及文集。笔者目前搜集到的学术专著主要有以下九部：《生命从中午消失——路遥的小说世界》（赵学勇，1995），《路遥评传》（王西平、李星、李国平，1997），《魂断人生——路遥论》（宗元，2000），《路遥小说人物论》（姚维荣，2000），《路遥小说的艺术世界》（廖小军，2006），《路遥的小说世界》（阎惠玲，2008），《断裂地带的精神流亡——路遥的文学实践及其文化意义》（石天强，2009），《三个人的文学风景：多维视镜下的路遥、陈忠实、贾平凹比较论》（梁颖，2009），《路遥论》（杨晓帆，2018）。已经公开出版的路遥研究资料有《路遥研究资料》（雷达，2006），《路遥研究资料汇编》（马一夫、厚夫，2006），《路遥评论集》（邢小利、李建军，2007），《守望路遥》（申晓编，2007），《重读路遥》（程光炜、杨庆祥，2013），《路遥研究论集》（段建军，2016）等。在悼念路遥的文章中比较具有代表性的有《悼路遥》（陈忠实，1993）、《悼路遥》（史铁生，1993）、《困难的日子纪事——上大学前的路遥》（高歌，

1993）、《男儿有泪——路遥与谷溪》（晓雷，2000）等。此外，还有纪念文集《星的陨落》（晓雷、李星，1993）以及《路遥十五年祭》（李建军，2007）。

高校研究生对路遥及其作品的研究从大的方向上来看，仍然从属于作家论、作品论、文化论的范畴。但从细部来看，其对路遥作品的关注点以及研究的视角与方法已经与上一阶段的路遥研究有着极为明显的区别。

首先，对于路遥的研究侧重于其文学创作与其自身的道德意识以及人生经验的关系方面如《断裂地带的精神流亡——试论路遥文学创作的道德意识》（冯宗仁，陕西师范大学，2007），《乡村·土地·母亲·恋人——路遥小说爱情叙事研究》（焦仕刚，北京师范大学，2005），《试论路遥小说的悲剧爱情》（胡晓丽，曲阜师范大学，2010）。另外，对路遥及其创作的研究引入了比较文学的研究方法，将路遥及其创作与外国文学以及中国当代文学中的诸多作家作品进行比较，出现了一系列的研究成果如《个人选择和历史境遇中的生存——于连、拉斯蒂涅、高加林形象比较》（岳斌，山东师范大学，2007），《阶级性与普世性——路遥与列夫·托尔斯泰人文关怀的比较》（田少虹，延安大学，2008），《同根绽放的异样奇葩——〈创业史〉影响下的〈平凡的世界〉与〈白鹿原〉比较》（侯业智，延安大学，2009），《路遥和王安忆小说中的色彩词比较研究》（吴明亮，河北大学，2011），《陕西三作家小说创作比较论——以〈平凡的世界〉、〈白鹿原〉、〈秦腔〉为例》（王娇，河北大学，2012），《"底层世界"的不同言说——路遥文学创作与当下"底层文学"创作比较研究》（杨玲，延安大学，2013），《行将消逝的乡村风情画——哈代和路遥笔下乡村世界的比较研究》（梁亚玮，南京师范大学，2014）。

其次，对路遥小说的研究侧重于对小说的审美和悲剧与苦难的论述，如《距离与欲望：路遥小说的诗意》（张振亭，延边大学，2004），《自强不息，厚德载物——论路遥小说的精神特征》（刘祖国，浙江师范大学，

2006），《路遥小说的苦难情结》（何宜忠，华中师范大学，2007），《论路遥小说中的苦难意识》（金自强，河南大学，2008）。同时，从历时性层面对路遥小说中的农民形象进行解读，将其置于整个新时期"农民进城"系列人物中，使之具有了史的系统性，如《沉重的飞翔——论新时期以来小说中进城的乡下人形象》（李达，河南大学，2005），《游走在城乡之间——论转型期以来"乡下人进城"的文学叙述》（古显明，湖南师范大学，2007），《在城乡夹缝中生存——论新时期小说中的"农民进城"书写》（赵海，山东大学，2006），《20世纪80年代以来"乡下人进城"叙事模式研究》（张继华，扬州大学，2007），《现代化语境下的"农民进城"叙事研究》（梁波，兰州大学，2008），《八十年代文学中的"乡下人进城"现象研究》（王晔华，西北师范大学，2012），《农民身份与现代性的冲突——论当代文学中"农民进城"的讲述》（张海元，华中师范大学，2013），《20世纪80年代"乡下人进城"小说叙事内容研究》（翟雯，山东师范大学，2015）。此外，对路遥小说中城市与乡村关系问题的研究也是作品研究的重要方面，如《试论路遥小说世界的内在矛盾性》（刘玉霞，新疆大学，2004），《在"老土地"与"新生活"之间——路遥小说中的城市与乡村》（周洋，上海师范大学，2007），《"城乡交叉地带"：人的生存矛盾的集结地》（夏楠，山东师范大学，2008），《城与乡：小说里的人生界域——路遥侧论》（姜岚，海南大学，2009），《立足现代文明的乡土守望——路遥小说乡土呈现的一种审美解读》（迟令刚，浙江大学，2013），《现代文明的渴望与传统乡土的眷顾——以路遥的〈人生〉和〈平凡的世界〉为例》（刘丽丽，海南大学，2014），《延续与断裂——路遥笔下的社会转型时期》（刘东波，上海师范大学，2015）。

第三，从地域文化以及中国传统文化对路遥的影响以及路遥小说的文化意蕴方面来展开对路遥小说创作文化论方面的研究，如《执拗的生命悲歌——论路遥小说的文化意蕴》（王列娟，西南师范大学，2005），《论路遥小说的思想文化意蕴》（孙建超，黑龙江大学，2006），《路遥小说的乡土情结及其文化根源》（王邵立，吉林大学，2006），《徜徉在陕北民间文化的河流中——路遥创作与陕北民间文化》（臧小艳，延安大学，2007），《地域文化视野中的路遥小说及其创作心理研究》（侯慧中，东北师范大学，2008），《路遥小说中的地域文化因素》（万芳，重庆师范大学，2010），《当代陕西作家与秦地传统文化研究》（刘宁，陕西师范大学，2011），《路遥笔下的陕北民俗画卷》（石晓岩，吉林大学，2012），《在苦难中寻找归宿——宗教文化视阈下的路遥文学创作研究》（吴仙锋，西北师范大学，2012），《民俗与小说的邂逅——论路遥小说中的民俗书写》（宋欢，华中师范大学，2013），《论路遥〈人生〉和〈平凡的世界〉中的陕北地域文化内涵》（姬娜，西北大学，2013），《文学陕军与地域文化——以贾平凹、路遥为中心》（姚萍，广西师范学院，2018）。

可以说，经过近40年的积累，学术界对于路遥及其作品的研究已经取得了十分丰厚的成果，为我们在新的历史语境重读路遥及其作品打下了极好的基础。但是，我们同样不能忽视既有的研究成果在某种层面上存在的局限性，即对路遥及其作品的研究仍旧囿于"现实主义""宏大、深沉的审美风格"等理论基础及价值观念所设定的范围，大量的研究成果存在价值观点上的雷同，这也造成了路遥研究停滞不前的局面。其实路遥及其作品具有丰富的阐释空间，其在时代语境的发展变化中具有不断被再阐释的可能性。因此，本书试图从新的视角，如路遥小说中的城乡空间结构、人物形象——进城的农民等方面，重新切入路遥及其小说文本，以期发现路遥文本中被时代话语遮蔽的东西，从而拓展当下学术界对路遥研究的广度与深度，重新发掘路遥及其作品在新的时代语境中呈现出的新的意义空间。

二、路径与方法

与本书的写作相关联的重要概念主要有以下三个：一是"空间"，二是"景观"，三是"身份"。

关于"空间"，英国学者迈克·克朗在《文化地理学》一书中总结了爱德华·雷尔夫（《地方与无地方性》）对空间的划分："第一种是依据人身体所处的位置形成的'实用'空间（上、下、左、右等）；第二种是根据我们的意向，我们注意的中心形成的观察空间，它是以观察者为中心的；第三种是由文化结构和我们的观念而形成的生存空间，这是一个充满社会意义的空间。以上三种空间的定义都是根据它们与人类的经历或任务的关系来确定的。第四种认知空间，即我们如何抽象地构筑空间关系的模式。"①上文中空间观念的建构有如下两个前提：一是必须以个体对身边事物的整体感知为基础，因为"人们总是通过物质对象进行思维和行动"，而所谓的意识"总是关于某个事物的意识，它不是漂浮不定的，它从我们在这个世界上的位置开始出发……它取决于我们采用什么方式对待一个地方，怎样研究一个地方，我们要从中获得什么'结果'"。二是海德格尔意义上的"关心"。在这个世界上，忙碌的人们必须在一定的时间里将注意力专注于特定的方面，因此这个世界也可以看成"由对不同领域里的关心构成的"，我们对世界的认识总是以"成为我们关心的中心的地方为认识世界的起点和基础"。这说明，"我们总是通过身边的事物而不是抽象的图式来认识这个世界的。我们研究任何物体也都不能不考虑它们存在的环境"②。

以这种空间观念为基础，所谓的"地区"则"为人们提供了一个系物桩，拴住的是这个地区的人与时间连续体之间所共有的经历。随着时间的堆积，空间成了地区，它们有着过去和将来，把人们捆在它的周围"③。"如果说'我'代表了个人的同一性，那么'我们'就是靠共同的地区关

---

①〔英〕迈克·克朗. 文化地理学［M］. 杨淑华，宋慧敏，译. 南京：南京大学出版社，2005：103.

②〔英〕迈克·克朗. 文化地理学［M］. 杨淑华，宋慧敏，译. 南京：南京大学出版社，2005：102.

③〔英〕迈克·克朗. 文化地理学［M］. 杨淑华，宋慧敏，译. 南京：南京大学出版社，2005：96.

系维持的集体的同一性，而'别人'的定义就是外人（他者）。如果地区在这一过程中的中介作用停止了，人们的同一性（特性）也就失去了稳定性，归属感的丧失会令这个世界愈发朝着异化迈进，因为无所依的感觉会使人更加孤独。"① 因此，个体一旦进入一个新的地区，就意味着个体要面对被新的地区同化并放弃其原有的区域特征的生存焦虑。

"景观"与"地区"在内涵上具有相似性。按照美国学者约翰·布林克霍夫·杰克逊的观点，景观的含义"不仅仅止于美丽的风景，它可以通过人为设计来实现，并且也会老化和衰败。我们不再认为景观脱离于我们的日常生活，事实上我们现在相信：作为景观的一部分，从景观中获得自己的身份认同，是我们存在于世不可或缺的前提，并由此赋予这一词语最严肃的涵义"②。杰克逊在"景观词义解读"一篇中，为景观做了如下的定义："景观是一个由人创造或改造的空间的综合体，是人类存在的基础和背景……在'景观'一词的现代用法中，景观不仅强调了我们的存在和个性，还揭示了我们的历史。"③本书对路遥小说中的空间景观的理解也是以此为基础的。路遥小说中存在着两种极为不同的空间结构：乡土空间和城市空间。乡土空间在路遥小说文本中的重复出现使其具有了承载个体记忆的功能，它意味着一种过去的记忆，同时也暗示着个体对自我身份的坚持以及对个体经历的怀旧。与乡土空间相对立的城市空间，在路遥的小说文本中是个体欲望的对象，同时也是个体无法征服的他者。

在路遥以及众多中国当代作家的小说文本中，乡村和城市之所以作为

---

① 〔英〕迈克·克朗. 文化地理学［M］. 杨淑华，宋慧敏，译. 南京：南京大学出版社，2005：104.

② 〔美〕约翰·布林克霍夫·杰克逊. 发现乡土景观［M］. 俞孔坚，陈义勇，莫琳，等译. 北京：商务印书馆，2016：208.

③ 〔美〕约翰·布林克霍夫·杰克逊. 发现乡土景观［M］. 俞孔坚，陈义勇，莫琳，等译. 北京：商务印书馆，2016：18.

两个基本对立的空间概念被凸显出来，是与我国特殊的身份制度，即我国的社会政治制度对"农民"这一公民身份的认定密切相关的。路遥小说中的"农民"主要是一个与以户口管理制度为代表的城乡二元结构相联系的身份概念。

作为社会学概念的"身份"，指的是社会个体或群体的社会属性。身份可以分为两类：一类是先赋身份，指个人出生时的家庭出身及幼年经历，包括性别、种族、阶级、户籍等；一类是自致身份，指个人通过努力而获得的身份，如人事身份、所有制身份、职称身份。[1]就先赋身份而言，出身、家庭影响决定着个人受教育的机会、居住环境的条件。而先赋身份（出身、种族、性别）又具有不可选择性，其不同决定着个人所获取社会资源的数量和机会的不同，同时也影响了自致身份获得的可能性。

在改革开放前的计划经济时期，在国家赋予每个社会成员的阶级身份、户籍身份、职称身份中，户籍身份尤为重要。户籍制度具有先赋性的特点：城市户口和农业户口，两类户口的居民在粮食供应、就业、教育、福利等方面存在着巨大的差别，甚至不同级别的城市户口之间在收入、资源占有和初始发展机会等方面存在着差别，城市户口的居民在社会政治、经济、文化生活等各个方面占有天然的优势地位。户籍身份还具有继承性。根据1958年的户口登记条例，婴儿出生后随母落户。直到1998年此条文才予以取消，确立了"婴儿落户随父随母自愿"的原则。在当时，农业户口出身的人，要想实现户籍身份的转变，只能通过招工、招生、征地、征兵等有限途径，形成了事实上的身份区隔和中国社会较大的身份差别。当时的户籍制度造成了巨大的城乡差别不仅有违机会均等的普遍主义原则，而且也造成了当时社会结构和社会分层的封闭性，严重影响了社会流

---

[1] 吴妍妍. 作家身份与城乡书写姿态 [M]. 北京：中国社会科学出版社，2009：30.

动的进行。①

路遥的小说在很大程度上可以说是关于"身份"的故事。小说中人物的农民"身份",决定了人物所处的生存环境是乡村,决定了人物在物质上的贫乏。而乡村这一外在环境明显制约着个体的生存、发展;物质条件的贫乏又限制了人物精神方面的追求。

简而言之,城乡隔离的户籍制度造成了城乡社会的分割:"在经济结构上,确立了农村搞农业、城市搞工业的二元经济格局;在社会结构上,市民与村民、城镇人口与农业人口、职工与农民都是彼此身份完全不同、待遇差别悬殊并且具有一定社会等级差异的两个不同阶层。而且,这些阶层存在着与生俱来和后天难以更改的遗传继承因素,使得城乡二元结构格局凝固化。"②在这样的格局中,农民被强制性地束缚在土地之上,不存在向城市自由迁移的可能性。受这一户籍制度的制约,农村社会呈现出社会流动少、社会变迁缓慢的超稳定状态。农村的生存环境和农民的生活质量与城市存在巨大差距。正是在这种特殊的身份制度之下,中国社会形成了两种对应着不同的生活方式、文化特征、价值观念以及经济制度的独特的文化地理景观:乡土景观和城市景观。

以路遥小说中城乡对立的空间关系为基础,我们可以在其小说文本中看到活动在城乡空间中的几种比较固定的人物形象:农民形象、乡村知识青年形象、女性形象以及现代官员形象。农民形象是路遥小说中最为重要的一类人物形象。路遥在其笔下的农民形象上寄托着其对数以亿计的中国农民命运的关注以及其对中国广大农村发展前景的思考。通过解读路遥小说文本中的农民形象,我们得以窥探路遥对新中国成立以来的历史和现实的感知与理解,并在此基础上分析路遥对土地、农民以及乡村的独特情

---

① 齐凯君. 现代化视野下的"农民进城"——以天津为中心的考察(1949—1985)[M].天津:南开大学出版社,2014:160-161.

② 邹兵. 小城镇的制度变迁与政策分析[M].北京:中国建筑工业出版社,2003:74-75.

感取向。乡村知识青年是路遥在小说中着墨最多的人物形象。路遥曾经是乡村知识青年中的一员，对他们的价值观念、情感取向以及人生选择有着深刻的认知。路遥笔下的乡村知识青年大都在求学时期接受过现代科学文化的启蒙，也对与乡村生活截然不同的城市生活有了初步的体验。从精神气质上而言，他们与其父辈有着明显的不同，知识的获得使他们与安分守己的农民有着迥异的人生追求，乡村生活环境已经不能为他们提供实现其个人身理想的条件，但是由于种种历史与现实的原因，他们始终无法摆脱其"农民"身份。他们大都不能安于生活的现状，而是通过各种渠道努力寻求脱离乡村的契机，跳出"农门"是其竭力追求的目标。在高加林、孙少平等乡村知识青年形象塑造过程中，路遥为我们呈现出了他们摆脱"农民"身份的艰难过程以及其在城乡空间的复杂生活经历。路遥通过对高加林、孙少平等乡村知识青年城乡生活经历的书写，展现了其对社会转型期城乡关系的独特思考。路遥小说中的女性形象，具有某种内在的一致性，这是由其在小说文本中的地位与作用决定的。路遥小说中的女性从根本上来看并不具备自觉的、独立的女性意识，她们在小说文本中的存在更多的是出于叙事的需要，且在形象内涵上存在着单一化、脸谱化的倾向，并没有构成一个多样化的女性形象系列。不能否认的是，路遥笔下的乡村女性与城市女性因其生活环境与受教育程度的不同，在价值观念、审美追求等方面存在着极为明显的差异。这种差异在《人生》《平凡的世界》《你怎么也想不到》等小说中的刘巧珍/黄亚萍、贺秀莲/田润叶/田晓霞/杜丽丽、郑小芳/贺敏等女性形象的爱情、婚姻选择上有着极为鲜明的体现。路遥小说中的现代官员形象，其性格特征、文化内涵等方面的含义都极为单一，在小说文本中他们被划入了改革派和保守派这两个阵营。路遥在文本中展现了马延雄（《惊心动魄的一幕》）、田福军（《平凡的世界》）等官员在"文化大革命"、农村改革等历史巨变中的个人遭遇以及不同派系间的矛盾冲突，为小说主要人物——农民的活动提供了历史背景，即通过对现代官员在不同历史时期人生经历的书写为小说中的人物塑造了生存的历史语境。由于田福军这类现代官员形象在性格方面十分单一，所以本书并没有就路遥小说中的现代官员形象展开论述，而是以路遥小说中的农民、乡村知识青年和女性形象为主要研究对象。

此外需要说明的是，本书在对路遥及其小说文本的理解与分析方面引入了新的研究视角，在文本细读中更加注重对路遥在小说中塑造的乡土空间景观和城市空间景观进行分析，借此来把握路遥小说对社会转型期特殊时代语境的呈现。在小说人物形象的解读方面，本书关注路遥小说中人物形象的发展变化与时代语境的演变之间的特殊关系，期待对路遥小说文本的分析能够对"重读路遥"产生一定的意义和价值。

第一章

路遥小说中的乡土景观

　　导论部分已经就本书写作所涉及的"空间"/"景观"的概念做了厘定，并在此基础上将路遥小说中的空间景观划分为乡土景观与城市景观。本章以路遥小说中的乡土空间景观为研究对象，因此有必要对论述对象——"乡土景观"的概念做出明确的界定。作为"土地及土地上的空间和物质所构成的地域综合体"的景观，是"复杂的自然过程、人文过程和人类的价值观在大地上的投影"。乡土景观则是"当地人为了生活而采取的对自然过程和土地及土地上的空间及格局的适应方式，是此时此地人的生活方式在大地上的显现"，是"包含土地及土地上的城镇、聚落、民居、寺庙等在内的地域综合体"，"反映了人与自然、人与人及人与神之间的关系"①。

　　本书对路遥小说中的乡土景观的理解是以此为基础的，在细读了路遥小说文本之后，归纳出了路遥小说中两种常见的乡土景观：一是村落、民居以及寺庙等乡土人文景观；二是山川、河流、沙漠等乡土自然景观。通过对乡土自然景观、人文景观的书写，路遥小说为我们呈现了陕北独特的自然人文风貌，为我们了解陕北乡村提供了具有典型意义的样本。本章的第一节以路遥小说《人生》《平凡的世界》中的乡土景观为研究对象，对

---

① 俞孔坚.回到土地［M］.北京：生活·读书·新知三联书店，2009：199.

小说中的高家村、双水村这两个具有陕北地方特色的村落进行了细致的解读，第二节以路遥小说《你怎么也想不到》中的沙漠景观为研究对象，对文本中呈现的沙漠风景、沙漠农场景观进行了分析。

第一节　高家村景观

乡村既是大自然的一个缩影，又是一个人与自然共生共存的独特空间。在乡村中，人与自然的互动，特别是人对土地、山林、河流等自然景观的利用与改造以及人在土地上的劳作，是乡村生活的重要内容之一。古今中外的文人墨客以乡村田园生活为表现对象，创作出了众多优秀的文艺作品，我国古代文学中就有专门表现乡村生活的田园诗。自1500多年前陶渊明创作《桃花源记》起，历代文人无不用笔墨刻画着心中的"桃源"，表达着对安宁和乐、自由平等的乡村生活的向往。现当代文学作品中，沈从文笔下的"湘西"，汪曾祺笔下的高邮，史铁生笔下的清平湾，无一不是宁静、祥和的乡村景象。路遥的小说创作也在一定程度上继承了我国的文学传统，在描绘乡村风景时注重展现其宁静、闲适的一面。与此同时，路遥在对乡村风景的书写中同样融入了自己的思考与判断，通过对乡村生产空间/生活空间/生态空间的呈现，为我们提供了具有地方性、时代性、乡土性的景观空间。

一、高家村的乡村风景

在小说《人生》中，高家村这个距离县城十多里路的山村是一处典型的传统村落，在空间布局上有着农耕文明的鲜明特征：大片耕作的土地包围着村庄。因此，高家村所处的环境与传统的田园景观存在着相似性，呈现出宁静、闲适的审美形态。小说《人生》中有着丰富的环境描写，路遥对高家村自然环境的恬美给予了毫不吝啬的赞美。

天蓝得像水洗过一般。雪白的云朵静静地飘浮在空中。大川道里，连片的玉米绿毡似的一直铺到西面的老牛山下。川道两边的大山挡住了视线，更远的天边弥漫着一层淡蓝色的雾霭。向阳的山坡大部分是麦田，有的已经翻过，土是深棕色的；有的没有翻过，被太阳晒得白花花的，像刚熟过的羊皮。所有麦田里复种的糜子和荞麦都已经出齐，泛出一层淡淡的浅绿。川道上下的几个村庄，全都罩在枣树的绿荫中，很少看得见房屋；只看见每个村前的打麦场上，都立着密集的麦秸垛，远远望去像黄色的蘑菇一般。①

……

黄土高原八月的田野是极其迷人的。远方的千山万岭，只有在这个时候才用惹眼的绿色装扮起来。大川道里，玉米已经一人多高，每一株都怀了一个到两个可爱的小绿棒；绿棒的顶端，都吐出了粉红的缨丝。山坡上，蔓豆、小豆、黄豆、土豆都在开花，红、白、黄、蓝，点缀在无边无涯的绿色之间。庄稼大部分都刚锄过二遍，又因为不久前下了饱墒雨，因此地里没有旱象，湿润润，水淋淋，绿蓁蓁，看了真叫人愉快和舒坦。②

这一幅宁静优美的乡村风景图是以高加林视角呈现出的乡村遥视远景。在这幅远景中有天空、大地以及大地上的田野、村庄，高加林的视线是因为大山的存在才受到了阻挡。也就是说高加林所在的高家村其内部生活空间（房舍）与外部生产空间（田野）之间是没有阻隔的，是浑然一体的。高家村所在的这块被大山区隔出来的土地是一块可以使目光纵横驰骋的开阔的视觉空间。这一乡村空间又是一处非自然领域。矗立在大地上的

---

① 路遥.人生［M］.北京：北京十月文艺出版社，2011：13.
② 路遥.人生［M］.北京：北京十月文艺出版社，2011：19.

房舍以及生长在田野上的各种农作物无一不是人工营造出来的，与野生自然景观中生长着的花草树木有着明显的不同。这意味着高家村及其周围村庄的村民对自然空间的占有和对自然景观的改造，也暗示了人从自然中获取生活资料、生产资料的权利。

此外，大山包围意味着高家村所处乡村空间的景观是建立在隔绝与封闭的基础之上的。而隔绝与封闭的自然地貌使得高家村的乡土景观在某种程度上呈现出了封闭性，而封闭性的乡土景观往往象征着封闭式的乡村生活。即大山的存在不仅仅阻碍了远眺的高加林的视线，还潜移默化地影响了高家林所在的乡村的生产生活方式乃至人们的思想观念。在文本中，曾经走出过这一封闭空间的高加林，在县城的三年求学生活中见识到了迥异于高家村的县城景观。高加林在县城景观中所获得的城市生活体验不仅仅开阔了其自身的眼界与视野，打破了其既往封闭性的生活经验，也为我们理解其重返高家村后种种"出格"的举动提供了一种符合逻辑的解释。

路遥还通过对高加林与刘巧珍夜里幽会的场景的描绘，为我们展示了高家村静谧、美好的夜景。

> 星星如同亮闪闪的珍珠一般撒满了暗蓝色的天空。西边老牛山起伏不平的曲线，像谁用炭笔勾出来似的柔美；大马河在远处潺潺地流淌，像二胡拉出来的旋律一般好听。一阵轻风吹过来，遍地的谷叶响起了沙沙沙的响声。风停了，身边一切便又寂静下来。头顶上，婆娑的、墨绿色的叶丛中，不成熟的杜梨在朦胧的月下泛着点点青光。
>
> 他们就这样静静地、甜蜜地躺在星空下，躺在大地的怀抱里……①

夜幕笼罩下的高家村显示出了其原始、自然的一面。在这个不通电的小山村，人们的生活还处于一种与现代工业文明相隔膜的状态，现代照明系统

---

① 路遥. 人生［M］. 北京：北京十月文艺出版社，2011：70.

的缺失使生活在这里的人对自然界的清风明月、花鸟虫鱼有着更加深刻的体验。在这种未受现代文明侵染的原生态环境中，人与大地之间的关系更具古朴色彩，与之相伴随的是传统的生活方式以及文化形态在此地的根深蒂固。①

　　上文不吝篇幅地大量引用了路遥在小说《人生》中对高家村及其周围的乡村风景的描述，在对展示乡村风景的优美的文字的阅读中，我们极易在情感上、在思想精神上沉浸于乡村风景所透露出的闲适的乐趣和恬淡的诗意当中，甚至获得一种阅读古典山水田园诗般的审美感受。但是，当我们把上文中摘录的书写乡村风景的文本放置于整个小说文本中加以考量时，这些诗化的风景就有了意味深长的内涵。高家村村民围观刘巧珍刷牙的热闹场面、高加林净化井水引发的风波、高家村村民对高加林和刘巧珍"伤风败俗"的自由恋爱行为的厌弃……高家村日常生活中展现出的喧腾与躁动与小说文本中书写的宁静、闲适的乡村风景形成了鲜明的对比，也使得路遥小说中的乡村风景超出了中国古典山水田园诗的范畴。

　　路遥在《人生》这部书写乡村的小说文本中，对乡村风景的描摹是一种对古典的山水田园诗的反仿性写作。路遥通过对高家村日常生活图景的展示解构了传统文学中惯有的讴歌田园生活的文学范式，他紧紧围绕着刘巧珍刷牙、高加林净化井水、高加林和刘巧珍恋爱等事件，深入开掘乡村世界平静的乡村风景掩盖下处于特定的时空结构中的乡村人物的文化心理结构以及人物精神上的愚昧、病态和不幸。风景掩盖下乡村严峻的生存、发展环境的揭示以及对现代的、文明的乡风的呼唤才是路遥小说创作的重要主旨。

二、高家村的空间形态

　　路遥在小说《人生》中不仅仅描绘了高家村周边的自然风光，还为我们呈现了高家村这个自然村落其生活空间、生产空间的分布形态：高家

---

　　① 相关分析见本书第三章对《人生》中刘立本、刘巧珍以及高玉德等人物性格特征和道德观念的解读。

村的四十多户人家依山靠水而居，一半人家居住于半山波沟口外的川道边，另一半居住在川道南半山坡上的沟口里面。大马河两岸的大片川地以及川道两边的山上遍布着高家村的农田。此外，路遥在小说中以高加林家的窑洞为参照物，通过高加林视线的转换呈现出了学校、自家自留地、刘立本家窑洞以及村里的水潭的相对位置——到院子里去刷牙的高加林，迎着刺眼的阳光远望学校。

> 他的视线被远处一片绿色水潭似的枣林吸引住了。他怕看见那地方，但又由不得看。在那一片绿荫中，隐隐约约露出两排整齐的石窑洞。那就是他曾工作和生活了三年的学校。①

在这之后，他转过脸蹲在土金畔上刷牙，"看见他母亲正佝偻着身子，在对面自留地的茄子畦里拔草"；靠在自家院子里的一颗枣树上的高加林在目送了马栓的背影没入玉米的绿色海洋里后，"忍不住扭过头向后村刘立本家的院子望了望"；刷完牙的高加林，准备到"前川菜园下面的那个水潭里洗个澡"。根据小说文本对高家村空间形态的呈现，大致可以就高家村的村庄空间布局形成如下的简略图。

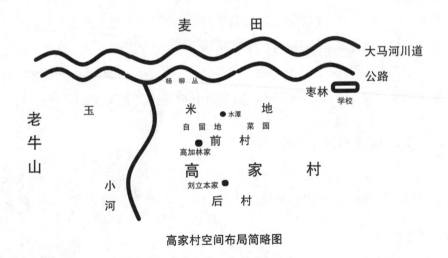

高家村空间布局简略图

---

① 路遥. 人生［M］. 北京：北京十月文艺出版社，2011：13-14.

在小说《人生》中，路遥还为我们呈现了高家村以高玉德家、刘立本家、高明楼家为代表的处于不同经济水平的家庭的内部生活空间。高玉德家这种"穷得满窑没一件值钱东西"的底层村民其居住空间是土窑洞，睡的是土炕；而高家村以"大能人"高明楼、"二能人"刘立本为代表的在乡村政治经济生活中处于上层的村民，其居住空间与底层村民形成了鲜明的对比。

> 高明楼家和他家一样，一线五孔大石窑，比村里其他人家明显阔得多。亲家不久前也圈了围墙，盖了门楼。但立本觉得他亲家这院地方根本比不上自己的。明楼把门楼盖得土里土气，围墙也是用横石片插起来的；而他的门楼又高又排场，两边还有石刻对联一副。再说，明楼的窑檐接的是石板。石板虽然比庄里其他人家的齐整好看，可他家是用的一色的青砖砌起，戴了"砖帽"，像城里机关的办公窑一样！更重要的是，他亲家的窑面石都是皮条錾溜的，看起来粗糙多了。而他的窑面石全部是细錾摆过，白灰勾缝，浑然一体！①

此外，村支书高明楼家内部空间的布局、陈设以及居住功能也与普通村民有着明显的不同。

> 中窑实际上是明楼的"会客室"。里面不盘炕，像公社的客房一样，搁一张床，被褥干干净净地摆着，平时不住人。要是公社、县上来个下乡干部，村里哪家人也别想请去，明楼会把他招待在这里下榻的。靠窗户的地方，摆着两把刚做起的、样式俗气的沙发，还没蒙上布，用麻袋片裹着。②

高玉德家与刘立本家、高明楼家存在明显差别的居住空间景观形态其实代表了高家村三种不同的生产生活方式。高加林之父高玉德这个勤劳本分的农民只知道在地里刨挖，其劳动所得也仅能满足一家人生存下去的基

---

① 路遥.人生［M］.北京：北京十月文艺出版社，2011：79-80.
② 路遥.人生［M］.北京：北京十月文艺出版社，2011：80.

本的温饱需求，并不能提高家庭成员的生活品质，他们居住在土窑洞里也是无奈之举；刘立本作为高家村经济生活中的"能人"，有着经商的天赋，他靠着贩卖牲口使得其家庭生活在衣、食、住、行各方面都居于高家村的上层水平；高明楼作为高家村政治生活中的"能人"，凭借着对乡村优质资源的把控和垄断，在高家村这个村庄"共同体"的权力关系网络中居于核心地位，不仅在高家村政治生活中处于领导地位，在村庄公共事务中同样把控着话语权。高明楼家内部空间景观的呈现形态表明高明楼已经脱离了乡村劳动者的行列，过着脱产干部的生活。高家村的"大能人"和"二能人"还通过姻亲关系实现了政—商联盟。结为亲家的高明楼与刘立本在高家村这个仅有四十多户人家的村落"共同体"中，基本上能够稳固地维持住其上层地位。不仅如此，高明楼还想通过刘立本二女儿刘巧珍与高加林的恋爱婚姻关系，确保其子孙后代在高家村未来的生存空间中维持住其上层地位。

简而言之，路遥在小说《人生》中对高家村空间景观的呈现不仅仅为文学文本中的众多人物营造了一个生产生活的空间，更为重要的是高家村景观空间本身就意味着一种与农耕、与土地、与人民公社相关联的生产生活方式。高家村村民在1976年农村改革前夕还过着远离现代工业文明的生活：村里没有通电，照明靠的是煤油灯；生产队里的农业劳动依然依靠人力、畜力，农业生产所用的肥料依然是粪肥；刷牙依然是干部和读书人的派势；自由恋爱仍被视为伤风败俗的行为；漂白粉净化井水的行为仍被视为投毒……也就是说，高家村这类乡土空间本身在小说文本中就发挥着极为重要的功能，它不仅仅是一个乡土生产生活空间，还是特定时空节点上的乡土文化空间、乡土政治空间。在这个文学景观中生存的人物，其行为要符合这个空间的内在逻辑，反之则会在叙事层面营造出推动叙述向前推进的事件，在人与空间景观充满张力的对话关系中，小说丰富的阐释空间得以显现。

第二节　双水村景观

　　路遥在小说《平凡的世界》中塑造双水村这一村庄景观时，其书写双水村景观的侧重点与《人生》中的高家村有着明显的区别。在《人生》中，路遥将书写的重点放到了对高家村恬美、宁静的自然风光与落后、闭塞乃至愚昧的生活方式、价值观念的对比上。在《平凡的世界》中，路遥在书写双水村这一空间景观时，着重于呈现其在不同历史时期的变化，在空间景观的描摹中加入了时间的延续，使我们感受到了双水村这一蕴含着历史事件、神话传说以及节庆仪式的空间的丰富性。本节将一方面分析双水村空间景观及其变化，另一方则面对双水村这一空间中人们的生活状态以及日常生活中的节庆仪式等进行解读。

一、变化中的双水村

　　在长篇小说《平凡的世界》中，路遥对双水村的描写比《人生》中的高家村更加具体形象。路遥首先以原西县城为参照物，从空间上明确了双水村的地理位置——原西县城向西七十华里的一个小山村。根据路遥在小说中对孙少平从县城到双水村路程的描述[①]，我们可以绘出如下的路线图。

---

① 路遥. 平凡的世界：第一部［M］. 北京：北京十月文艺出版社，2012：24.

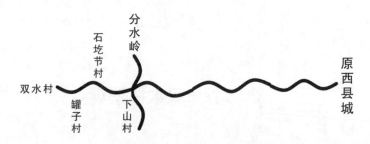

孙少平从县城到双水村路线图

路遥在小说文本中还详尽地描述了双水村中的庙坪、庙坪山、东拉河、哭咽河等地方的自然地理风貌，田家圪崂和金家湾这两处居住集聚地以及孙少平家、金光亮弟兄家、金俊武弟兄家等人家以及双水村小学在双水村所处的位置以及双水村在漫长历史延续中的神话传说和主要事件。[①]根据小说中对双水村空间形态的描述，大致可以绘出以下这样一幅简略图。

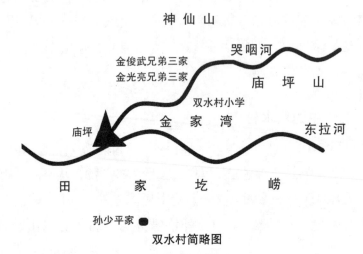

双水村简略图

双水村由田家圪崂与金家湾两部分组成。田家圪崂以田姓为主，同时还有一些杂姓，他们大都是双水村比较贫穷的人家；金家湾则是金姓人

---

① 路遥. 平凡的世界：第一部［M］. 北京：北京十月文艺出版社，2012：42-45.

家的居住地，也是双水村较富裕的地方。可以说，双水村在地理环境上呈现出鲜明的贫富差距。这种村庄内部空间上呈现出的贫富差距并非路遥独创。赵树理的小说《李有才板话》中，李有才生活的村庄阎家山也在地理空间上呈现出鲜明的贫富差异。双水村里田家圪崂和金家湾这种自然村落中按姓氏居住的自然地理分布不仅呈现出鲜明的贫富差异，还暗含着特殊的时代变迁。以1949年为分界线，在不同的历史时期，生活在双水村的田家、金家有着不同的社会政治地位。新中国成立后，金家与田家、孙家之间地主与贫农间的阶级身份差异使得其在地理上的界线更加清晰，并且在人际交往上形成了相对的封闭性。路遥在小说中对双水村大队党支部书记田福堂和党支部副书记金俊山的分析[①]也从侧面暗示了双水村田姓与金姓这两个宗族间在不同历史时期的复杂关系：旧时期，金家因为经济上的富裕而在村中主事；新中国成立后，田家人在政治身份上高金家一等，明显在村里占了上风。在对双水村这个自然村落的地理景观的分析中，我们不难看出传统的以地缘和血缘为基础的宗族关系与现代社会中的政治身份相结合后，如何加深了地理空间上的界线，使得乡村地理景观凝固化。

双水村这种凝固化的景观并不意味着其村容村貌的一成不变，与之相反的是，双水村的景观一直处于变动之中，且每次的景观变化都与特定历史时期的时代氛围相关联，显得意味深长。

在人民公社时期的农田基建运动中，双水村的庙坪山的空间形态就发生了不小的变化。

> 这山高出村周围其他的山，因此金鸡独立，给人一种特别显眼的感觉。这几年农业学大寨，村里全力以赴首先在这山上修梯田。现在那梯田已经一层层盘到山顶，远看起来，就像一个巨大无比的花卷馍。[②]

---

① 具体分析参见路遥. 平凡的世界：第一部 [M]. 北京：北京十月文艺出版社，2012：55.

② 路遥. 平凡的世界：第一部 [M]. 北京：北京十月文艺出版社，2012：43.

不仅如此，双水村领导人田福堂还对双水村的神仙山、庙坪山进行了改造：神仙山和庙坪山分别被炸下来半个，两山合拢后在哭咽河上拦成了一个大坝，其目的是把足有五华里长的哭咽河改造成一条米粮川。从拦坝后的实际效果来看，这一计划是以失败告终的。

双水村村居格局也发生了变化。为了炸山拦坝的需要，居住在神仙山山嘴的金光亮兄弟三家和金俊武兄弟三家搬离了祖传的老宅，住进了金家湾北头为他们搬迁户新建的窑洞。

在农村经济改革后，双水村周边的山野景观以及村庄内部的生产生活景观也有了十分明显的变化。路遥通过由城返乡的孙少平的视角呈现出了乡村生产空间发生的巨大变化。

> 东拉河两岸的沟道和山头，庄稼再不像往年一样大片大片都是同一种类。现在各种作物一块块互相连接而又各自独成一家。每一块地都淋漓尽致地表现出了主人的个性。①

在家庭联产承包实施后，双水村村民为了过上好日子，纷纷寻找门路。孙少安在村后公路边属于他们家承包的一块地盘上，修建了烧砖窑并且还在离烧砖窑不远的山崖根下修建了新居。于是在双水村最南头的土坪上，出现了一院颇有气派的一线三孔大窑洞。正如路遥在小说文本中所写："一院好地方，再加上旁边烟气大冒的烧砖窑，双水村往日荒芜的南头陡然间出现了一个新的格局。"②田海民在双水村北头东拉河岸边的三亩六分荒草地上，用租来的推土机挖出了养鱼池。孙少安、孙少平兄弟二人还合力给他们的父亲孙玉厚修建了一座新窑洞——新窑洞不仅接了石口、围了院墙、盖了门楼，而且还要在门楼两边放两只石狮子。孙少安在承包了石圪节公社的砖厂、收获了第一桶金以后，在弟弟孙少平的建议下为双水村修建了一所新的小学——在当年打坝震坏的校舍窑洞的旧址上，修建了

---

① 路遥. 平凡的世界：第一部 [M]. 北京：北京十月文艺出版社，2012：152.
② 路遥. 平凡的世界：第一部 [M]. 北京：北京十月文艺出版社，2012：139.

一排气势恢宏的新窑洞，面积扩大了一倍的操场上树起了一个标准的篮球架。无论是建砖窑、挖养鱼池，还是建新窑洞、新学校，双水村村民用自己的行动重塑着双水村的空间格局。

二、双水村的日常生活与节庆仪式

路遥在小说《平凡的世界》中为我们呈现出了20世纪70年代末80年代初以双水村这个陕北山村为代表的中国乡村日常生活从"凝固"到"解冻"状态的时代变化。在农村改革前，双水村的日常生活基本上处于一种凝固的状态。村民一年到头在自己所属的生产队里劳作，农忙时营务庄稼，农闲时则要搞农田基建，不仅没有自由支配的时间，而且也没有行动的自由。连年累月的劳作并没有使村民过上富裕的生活，与之相反，双水村的绝大部分村民在温饱线上苦苦挣扎。路遥在小说中通过对孙玉厚一家人生活状态的描述为我们呈现了《创业史》中轰轰烈烈开展的农业合作化运动在20世纪70年代末期造成的灾难性后果：贫农孙玉厚在土地上洒干了自己的血汗，却仍然无法改善家里的光景。他们一大家人挤在一口土窑洞里，孙少安住在自己掏的土窝窝里，孙少平和孙兰香常年在金波家借宿。孙少安是念书的好材料，却因家里的贫穷连初中都没上就辍学在家帮助父亲支撑这个摇摇欲坠的家庭。上学的孙少平、孙兰香烂衣薄裳，缺吃少喝，在学堂里遭白眼、受委屈；已经到了结婚年龄的孙少安，因为家里没有住的地方，也没有娶亲的钱，更没有打几孔新窑洞的可能，只能寄希望于找一个不要彩礼钱的对象。可以说，孙玉厚这个老农民对未来的生活是完全不抱希望的。整个双水村除了田福堂、金俊山等少数几户人家生活较为宽裕外，大部分人家都像孙玉厚家一样处于贫困的状态。不仅如此，金家湾那边几户成分不好的人家，还因政治身份上的低人一等而在精神上承受着莫大的压力。

在农村经济改革后，压抑已久的双水村迸发出了新的生机与活力。首先，改革给双水村的村民带来了经济上的巨大变化。以孙少安、田海民为代表的双水村村民突破了传统的政治经济的束缚，通过个人奋斗在极短的时间内就解决了困扰双水村村民多年的温饱问题。不仅如此，他们还逐渐从土地的束缚中解放出来，开始寻找务农之外的发展之路：孙少安承包了石圪节公社的砖厂，开始发展私营的乡镇企业；孙少平则去黄原城做了揽工汉，成为壮大于20世纪80年代末的"民工潮"的先行者；田福堂到原西县城里当起了包工头；金俊山买了十多只奶山羊和两头大奶牛去石圪节的机关卖羊奶；田海民在双水村北头挖塘养鱼卖给城里的饭馆；金光亮养了"意大利"蜜蜂；马来花在公路边上卖起了茶饭；金俊武也与县林业站签订了培育树苗的合同；田润生买了一辆四轮拖拉机搞起了长途贩运……其次，国家高考制度的恢复为出身农村的青年提供了一个相对平等的接受高等教育的机会，乡村文化中的精英分子不必再重复高加林们为了改变农民身份而走的充满危机的复杂之路。出身于双水村的孙兰香、金秀顺利通过了高考成为省城高校的大学生，完成了身份上从农民到知识分子的跃升。再次，改革开放意味着党和国家工作的重心由以阶级斗争为纲转移到经济建设上来，对于双水村的村民来说，这意味着以往因阶级身份而低人一等的金氏家族终于能够摆脱掉沉重的思想包袱。不仅如此，双水村地主家庭成分的子弟终于和贫下中农子弟有了平等的地位，在入党入团、招工招干和参军等方面都不再受到家庭出身的影响，因此双水村地主成分出身的金二锤才能去参加解放军。最后，农村改革在赋予村庄活力的同时，也使得沉寂已久的民间信仰以及封建价值观念再次浮现在双水村村民的日常生活中。双水村的普通村民刘玉升成为远近闻名的"神汉"，开始以"闷梦"的方式给周围村社的人治病、看手相预测人的祸福和寿数等。不仅如此，刘玉升还计划把双水村庙坪上废弃的龙王庙重新修建起来，并且已经收到了许多村民的建庙钱。

路遥在小说中不仅书写了双水村日常生活的变化，而且还对日常生活中占有重要位置的节庆仪式等进行了书写，呈现出了双水村这一村社空间在民俗、文化方面的独特内蕴。在双水村这一空间中上演的仪式种类繁多，既有祈福求雨的民俗仪式，又有婚丧嫁娶以及祭祀祖先的礼俗仪式，还有庆祝丰收的节庆仪式，更有特殊年代的政治仪式。通过这些五花八门的仪式，我们找到了窥探双水村村民精神世界的窗口，也找到了亘古以来维系着双水村不同代际村民情感的乡土文化脉络。

在小说中，路遥对能够表现双水村风土人情及民间信仰的仪式进行了细致的书写，下文将对田万有求雨的仪式、"打枣节"这类庆祝仪式、孙少安的婚礼仪式以及金家老太太的葬礼仪式进行分析。

在《平凡的世界》(第一部)中，双水村面临着严重的干旱，庄稼面临着绝收的可能。为了保住救命的粮食，田万有不顾禁止封建迷信活动的禁令，私自在水井边进行着求神祈雨的仪式。田万有头上戴着一顶柳条编织的帽圈跪在水井边上，用一种近乎呜咽的语调虔诚地唱着祈雨的歌谣，希望能够得到龙王、水神娘娘、观音老母、玉皇等神仙的保佑，降下救命的雨水。实际上，田万有私下进行的求雨仪式在乡土民间极具普遍性，《黄土地》等众多文艺作品都对乡民的祈雨仪式进行了呈现。祈雨仪式不仅是作品中处于绝境中的乡民向上苍发出的绝望的呼喊，也是他们祖祖辈辈因袭的鬼神崇拜的民间信仰在乡村日常生活中的体现。可以说夹杂着农民的悲哀与希望的求雨仪式与古代的巫术仪式在本质上是相同的，它们是人类在面对强大的自然时的本能反应，也是农民不愿意向绝望妥协的必然行为，尽管不会为现实生活带来真正的改善，却也能给村民带来精神上的慰藉。

如果说求雨仪式是有着神巫色彩的乡村日常生活的表征，那么热闹、欢乐的打枣节则体现出了双水村日常生活中村民通过节庆仪式对村社"共同体"的强调。双水村最盛大的节日——打枣节在农历的八月十四举行，是双水村村民们"团聚"的仪式，就连在外读书和参加工作的人都会特意赶回村里参加这一庆祝丰收的传统节日。村民们头上包的雪白的毛巾、身上穿的衣裳以及梳得黑明发亮的头发，都显示出他们对于这个节日的重视。在打枣节中，双水村所有的村民都是这个节庆仪式的参与者与受益者，香甜的红枣不仅给双水村的村民带来了欢声笑语，而且还寄托着他们对甜蜜生活的向往。这个仪式不仅增强了双水村这个村社的凝聚力，而且村民们还通过这个一年一度的仪式传承着传统风俗。

与打枣节这种全体村民参与的节庆仪式相比，婚丧嫁娶的仪式更加强调宗族血缘关系，仪式的参与者大都是仪式举办者的亲属或好友，这类仪式体现出了乡土社会对以血缘和地缘为基础的人际关系网络的重视。孙少安与贺秀莲的婚礼就邀请了其父母双方的亲属以及双水村生产队的干部和与他家相好的人家。孙少安婚礼仪式上邀请的亲属与乡邻，是以孙家为中心，按照其与孙家的远近亲疏关系延展开的，暗合了费孝通先生在《乡土中国》一书中对国人人际关系格局上呈现出的"差序格局"的总结。此外，孙少安的婚礼还为我们呈现了陕北乡村的婚俗，在婚礼上坐席的是孙少安的娘舅亲和村里生产队的干部，而孙少安的叔婶、兄弟姐妹以及邻里则为了婚礼的酒席忙碌。也就是说，在婚礼仪式中个人与仪式的关系呈现出了一种秩序，这种秩序规定着不同人群在婚礼中所扮演的不同角色并借此来维护族群关系。婚礼仪式不仅仅是个人组建家庭的象征，还承担着道德教化的功能。

与热闹、欢快的打枣节以及喜庆的婚礼仪式相比，路遥在小说中描写的葬礼仪式无疑是严肃而沉重的。丧礼中涉及的仪式包括葬礼第一天夜幕降临后举行的隆重的"撒路灯"仪式，第二天大出殡前进行的"游食上祭"仪式以及死者娘家人的"商话"等。最为重要的起丧与下葬仪式由阴阳先生主持并且全村的人都参与到了仪式之中——双水村的所有人家都在院畔上点起了辟邪的火。此外，依照乡俗还在停放棺材的院子里搭起了灵棚，棺木前的灵岸上摆放着长明灯以及供果，棺木上搁着一只活公鸡。金老太太的直系亲属在棺木旁守灵并接受亲属的吊唁。金老太太的葬礼不仅仅是金家的事，还是整个金氏宗族的事情，金家全族人都在为金老太太的葬礼忙碌着。金家湾的许多人家都在为丧事碾米磨面，金俊海家摆满了课幡、引魂幡、童男童女等纸火。烦冗的仪式程序以及在仪式中使用的各类仪式器具，使这场按照农村习俗的最高礼规举办的葬礼承载着悼念亡人与传承文化记忆的多重意义。可以说，金老太太的这场遵循着烦琐习俗的葬礼，不仅体现了金家对"孝道"的重视，还表现出了德高望重的金老太太在双水村的口碑。葬礼仪式不仅仅是一种程式化的"表演"，而是对双水村村民的一场道德教育——通过仪式使村民意识到个人对家庭和社会的责任。

简而言之，路遥对双水村这一村庄景观的书写并不仅仅是对其内部组成部分进行简单的空间排列，而是通过对双水村历史与现实的描述在空间景观的营造中加入了时间上的延续。双水村狭小的空间与其经历的漫长的时间共同构建了双水村这一蕴含着民俗、乡俗等一系列价值观念的时空综合体。

第三节　沙漠景观

小说《你怎么也想不到》中，路遥通过郑小芳、薛峰的视角，对沙漠地区的荒漠、农场、龙王庙以及公社等不同空间进行了书写。其中对荒漠的书写侧重于展示其自然地貌以及置身于荒漠之中的人对其的感受；对农场的书写侧重于展示其破败、无序的内部生活空间及其背后所表征的沙漠农场的混乱状态；对龙王庙这一神圣空间的书写则涉及了沙漠地区的地域文化以及生活在此地的乡民对世界运行法则的独特认识；对公社村庄的书写则是印象式的白描，通过寥寥数语十分凝练地呈现了沙漠地区艰苦的生活条件。

一、沙漠风景

路遥在小说中，通过郑小芳的视角为我们呈现了壮阔、迷人、多变的沙漠景观。在小说文本中，路遥以季节的变换为线索，呈现出了沙漠景观在不同时间段的不同风貌。

春季是沙漠地区一年间气候最恶劣的日子——"大黄风卷着沙粒，没明没黑地吼叫着"。郑小芳正是在这个时间段来到了沙漠腹地，在从地区林业局到沙漠农场的路途中，她就领略到了春季沙漠地区极端恶劣的气候条件。春季沙漠地区的大风、扬沙天气无疑给了独自走在去农场路上的郑小芳一个"下马威"。

> 我已经完全变成了一个土人。嘴里总是含着沙子，怎么吐也吐不完；眼睛被风沙吹得泪水直淌。因为逆着风，每走一步都极其艰难。
>
> ……
>
> 我坐在路边，任凭风沙吹打。无论远处还是近处，什么也看不见，满眼都是一片混浊的黄色。也听不见什么声音；只能听见风沙的吼叫声和自己的心跳声。心跳的声音现在听起来格外清楚。[①]

"土人"郑小芳独行在风沙遮天蔽日的沙漠道路上时，她内心的孤单、恐惧以及无助都隐藏在了"格外清楚"的心跳声里。但春季的沙漠给郑小芳这个农场新人的"下马威"并没有熄灭她在沙漠腹地开展治沙工作的热情，反而激发了她对接下来要面对的新生活的激情——"不管怎样，我既然来了，非要干出个名堂不可！"

春季过去后，夏季的沙漠展现出了其生机勃勃的一面。在连绵不断的黄色的沙漠里，因雨水的滋润而顽强生长的植物，不仅仅为沙漠景观在视

---

① 路遥. 你怎么也想不到［M］// 路遥. 姐姐的爱情. 北京：中国青年出版社，1985：298-299.

觉上带来了极为珍贵的绿色，更为重要的是这些绿色的生命赋予了沙漠景观生机与活力。而此时无边的沙海因为没有了大风的侵扰，而呈现出了极为壮丽、柔美的一面，与春季风沙肆虐的沙漠景观形成了鲜明的对比。夏季沙漠景观在审美上呈现出的女性化色彩，不仅体现为其迷人的线条——"沙丘的曲线妙不可言；整个大沙漠就是用这些相互衔接的、无数美妙的抛物线而组成"①，更为重要的是体现为其在孕育生命方面的强大能力："农田外墨绿的沙蒿，鹅黄的沙柳，淡红的雾柳，都正在发旺。攒狼嚎草像灰色的浓雾一般漫在洼地里。开小红花的秃钮子草、肥头大耳的羊耳根子草、棉蓬、抓地草、马前草、苍耳、苦菜、蒲公英、水灰条、旱灰条，点缀在灌木丛中。小路两边和房屋前后的土地上，形成了一个极其热闹纷繁的植物的世界。"②可以说，沙漠景观作为大地景观的组成部分，本身就具有孕育生命的能力。而如何把贫瘠、荒凉的沙漠空间改造成适合人类生存以及动植物生长的沃土，是横亘在小说主人公郑小芳面前的一个难题，也是路遥在写作过程中亟须解决的问题之一。

　　除此之外，路遥在小说中还通过薛峰的视角，为我们呈现了一个不同于郑小芳视角的沙漠风景。薛峰眼中的沙漠风景"荒凉而又恐怖"，是同时又能激发起他诗情的矛盾综合体。荒漠中矗立着的古长城彰显了沙漠地区独特的历史文化底蕴。厚重的历史与一望无尽的沙海，赋予了薛峰独特的空间体验。薛峰此时沉醉于其囊括了天地、历史以及岁月的沧桑的景观。他在壮阔的大漠中感受到了久违的诗情，这种诗情是在时间的长河与广漠的空间的时空节点上，人与景的情感共鸣。而薛峰却压抑住了自己的情感，压抑住了写诗的冲动，因为"生活并不是诗"！在爱情与生活、理想与现实的较量中，薛峰对于沙漠空间的情感体验变得极为复杂。这种关

---

① 路遥. 你怎么也想不到［M］// 路遥. 姐姐的爱情. 北京：中国青年出版社，1985：325-326.

② 路遥. 你怎么也想不到［M］// 路遥. 姐姐的爱情. 北京：中国青年出版社，1985：332.

于沙漠空间的复杂的情感体验，反过来也在情感层面赋予了沙漠空间丰富的阐释性/可读性。沙漠空间不仅仅有着底蕴深厚的历史与文化，而且与薛峰、郑小芳的情感、事业、生活产生了连接。

郑小芳来到沙漠的使命就是使荒漠重新恢复为被绿色覆盖着的大地。在郑小芳的眼中，沙漠是一个如同《创业史》中的蛤蟆滩一样充满意义的场所。在这一空间中，郑小芳将自己在省林业学院水土保持专业学习到的专业知识应用于种植花棒和桑树的实验中，努力扩大着沙漠上绿色的面积。在郑小芳的带领下，将近一万亩的沙丘上播入了花棒籽种，"用不了几年，这些多年寸草不生的地方，将会被茂密的花棒所统治。那紫蓝里透出粉红颜色的花朵，将会开满这荒沙野地……"有了固沙的花棒，春季沙漠地区遮天蔽日的风沙或许会成为历史！

简而言之，在小说《你怎么也想不到》中，广袤无垠的毛乌素沙漠在不同的季节呈现出了不同的状貌，而且对于知识分子郑小芳来说，这里还是一个改天换地的充满意义的空间。郑小芳与沙漠景观之间的关系也在不断变化：郑小芳初来沙漠时，渺小的个体与强大的自然之间悬殊的力量对比，使得她只能被动忍受肆虐的风沙，给我们留下一个逆风赶路人的无助的背影；郑小芳到达农场之后，就把地区林业局安排的实验计划付诸实践，扩大沙漠腹地绿地的面积，主动改造沙漠景观。

二、沙漠农场

在小说《你怎么也想不到》中，路遥通过自己的书写，从多个角度为我们呈现了沙漠农场的不同侧面。

首先，是农场与省城之间的空间距离。在文本中，二者间的空间距离是通过时间来衡量的。郑小芳在省林业学院毕业后，去分配单位报到要"坐三个钟头的火车，然后转乘汽车，三天以后才能到达目的地"。而这个目的地，并不是沙漠地区的农场，而是位于毛乌素沙漠和黄土高原接壤处的一座塞上古城的地区林业局。沙漠农场距离塞上古城少说也有二百多里路。郑小芳从林业局出发去农场的过程也颇为曲折。她先是搭乘汽车，在颠簸了大半天后才到达终点站——公社所在地，而农场还在十多里路外。等到郑小芳搭乘路上遇到的拖拉机到达农场时，天已经黑了。也就是说，从省城到沙漠农场需要四天，而由这四天的路程连接起来的两个空间，完全是不同的世界。

其次是郑小芳初到农场时呈现在她面前的糟糕的住所以及破败的农场景观。路遥在小说中详细地书写了这个"一切都给人一种极不愉快的印象"的房屋的内部空间布置。

> 墙壁是砖砌的，但房顶却是用沙柳捆子棚起来的。沙柳捆子呈弓形状，每一捆都像一条巨型蟒蛇，给人一种恐怖的感觉。

> 墙角挂着蜘蛛网；炕席上落着一层尘土——只是在放被褥的地方扫开一块。看来这房子好久没人住，为了迎接我，才匆匆收拾了一下。我看见地上扫帚划了一些道道，表示扫过了；而垃圾就堆在了炉坑里。房里一张油漆剥落的小木桌和一个没有靠背的小方凳，全都落满了沙尘。①

路遥用短短的两段话就勾勒出了沙漠农场住所的恶劣条件。但郑小芳之所以对住所不满，并不是因为它的简陋，而是因为它的不卫生。在路遥小说中，知识青年对"卫生"的要求是其区别于普通村民的极为重要的特征之一。而郑小芳这个出身于乡村的知识青年在经历了四年大学生活/省城生活的洗礼后，对卫生也有着天然的要求，墙角的蜘蛛网、炕席以及家具上的尘土，都是房间"不洁"的象征。讲卫生的知识青年在这个脏乱差的居住空间里，自然不会有什么愉快的印象。不仅是居住空间如此，整个农场的空间形态也给郑小芳留下了极为恶劣的印象。

---

① 路遥. 你怎么也想不到［M］// 路遥. 姐姐的爱情. 北京：中国青年出版社，1985：311.

> 农场有三排简陋的房屋，没有围墙。院子里到处丢弃着坏了的农机零件和犁铧。就是一些看起来能用的机械也搁置在院子里，全部都锈着红斑——看来好长时间不用，也没人管。
>
> 院子里到处都是粪便，有一股臭烘烘的味道。看来这里的人都是随地大小便的。真的，我竟然没有发现厕所在哪儿？
>
> ……
>
> 我一边溜达，一边留心细看。除过三排房外，东面还有一排南北坐向的低矮的柳笆庵子。这是仓库，里面的粮食就堆在地上。从破烂的窗户可以看见一群麻雀在里面尽情地啄着。①

也就是说，郑小芳对于这个"有草，有树，有庄稼"的位于沙漠腹地的农场其实是怀抱着欣喜、热爱的感情的。她在进入农场空间后产生的"极不愉快的印象"，更多地指向了农场管理者的懒政、不作为——"可惜看来农场眼下的管理并不怎样"，"这进一步证实了我对这个农场管理方面的恶劣印象"。农场工人和干部生活的公共空间是一幅农场机械设备以及仓库无人管理、无人经营的破败景象。农场场务的废弛还表现为农场肮脏的生活环境——弥漫着"一股臭烘烘的味道"的"到处都是粪便"的院子。在这背后，折射出了在这个地处沙漠的农场上生活和工作的工人和干部极为粗鄙、落后的生活方式以及消极、懈怠的工作观念。

郑小芳对农场景观的改造是从其内部居住/生活空间开始的。在吴有雄的帮助下，郑小芳的房子变得"洁净而有了生气"。

> 有雄已经帮助我用柳条和废报纸糊了个天花板，把屋顶上那些"蟒蛇"遮盖起来。他甚至从城里捎回来一些白灰，把我的墙壁粉刷得雪白。
>
> ……我用画报把炕周围贴了一圈，房子里一下子变得洁净而

---

① 路遥. 你怎么也想不到 [M] // 路遥. 姐姐的爱情. 北京：中国青年出版社，1985：312-313.

有了生气。我还在门前种了一些牵牛花——现在它的蔓子已经扯长，常常在早晨或者晚间，把那鲜艳而朴素的花朵缀满了我的窗户……①

改造后的住所，不仅满足了郑小芳对"卫生"的要求，而且牵牛花的存在，还满足了郑小芳对居所审美方面的需求。用牵牛花这一乡土景观空间中常见的小花来装饰自己的住所，其实也是郑小芳热爱生活的一种表现。郑小芳并不愿意像把农场搞得"烂包"了的曹场长那样在这里"混日子"，而是要在这里进行固沙植物花棒的大面积种植实验以及桑树苗的试栽工作，她已经做好了长年累月驻扎沙漠腹地的准备。郑小芳以干净、卫生、舒适、美观为原则来重塑农场景观空间，也是其建设美好家园的重要之举。因此，郑小芳在农场里以一个建设者/启蒙者的身份"搞了点小小的革命"。

> 我和吴有雄一块把一间闲置的仓库打扫干净，开辟了一个文化场所，原来的一些报刊杂志都堆在曹场长的办公桌下，我们把这些东西都挪到了这里来。我把自己的一些书籍也拿到了这里。另外，我们把建场时上级奖给这个农场的几面锦旗，也从一个仓库的角落里翻开来，洗干净，挂在了这里的墙上。
>
> ……
>
> 在我的强烈抗议下，曹场长不得不派人修起了厕所。在这以前，农场的人都随地大小便。真气人，有些粗汉甚至大小便故意不避开我！②

郑小芳在农场的"小小的革命"，与知识青年对"知识"与"卫生"的要求密切相关。在资讯极不发达的沙漠腹地，书籍、报刊是人们了解外

---

① 路遥. 你怎么也想不到 [M] // 路遥. 姐姐的爱情. 北京：中国青年出版社，1985：331.

② 路遥. 你怎么也想不到 [M] // 路遥. 姐姐的爱情. 北京：中国青年出版社，1985：362.

部世界、获取信息的重要渠道。文化场所的营造，为生活在这个闭塞空间中的人提供了一个获取知识的空间，也为其提供了一个与外界沟通的窗口。厕所改变了农场的人随地大小便的陋习，是对其生活方式的引导。可以说，郑小芳营造出的文化室、厕所这两处追求知识与讲究卫生的公共空间，是站在知识分子启蒙立场上对闭塞、落后甚至原始、愚昧的农场景观空间的重塑。

除此之外，知识分子郑小芳还在潜移默化中推动了农场景观及生活在其中的人的现代化进程。郑小芳在毕业时虽然拒绝了省林业学院留校任教的分配安排，但是她在到达这个位于沙漠腹地的农场后，依然坚守着知识分子的岗位意识，在完成自己的本职工作之外，还承担着教师传道、授业、解惑的工作。公社中学毕业的青年工人吴有雄就很热衷于向郑小芳请教关于农业、牧业和林业方面的专业知识。有了郑小芳这个农场所在公社有史以来的第一个大学生的指导，吴有雄这个喜欢钻研农业机械知识的青年工人，在掌握了专业的农业生产管理知识后，也必将完成自己从普通农场工人到农业技术人员的身份转变。郑小芳一旦在农场培养出一批吴有雄这样的懂技术、爱农业、爱农村的农技人员，农场现代化及生活在其中的人的现代化就不再是一个遥不可及的梦想。

路遥在小说中还通过薛峰的视角，站在更为宏观的立场上，呈现出了沙漠农场所在地区的客观状貌。当薛峰以省城景观及其所表征的生活方式作为参照系来对照沙漠农场景观时，农场空间在他的认知中完全是一副糟糕透顶的样子。

这里太苦、太落后了。物质条件极差，吃的主要是小米饭——和当年八路军的伙食差不多。蔬菜几乎吃不到，水果比药还缺。方圆几百里，连一盒像样的饼干也买不到。

肉倒是不少——主要是羊肉，可没有什么调料。白水煮羊肉，再加一点盐，就被视为美味。

至于文化生活，那就更谈不到了。别说交响乐，连县剧团也不常来。几个月看一回电影，都是老掉牙的。巫婆比医生多，无神论者比迷信的人少。

　　最要命的是，一年里就有半年多坏天气。黄风斗阵，天昏地暗，长时间看不见一点绿颜色，看不见一朵鲜花。整个生活艰苦、单调、寂寞，几乎和外面的世界处于隔绝状态！①

薛峰对沙漠农场略显负面/消极的评价，直接指出了农场的落后、封闭以及农场生活艰苦、单调、寂寞的一面。不仅农场如此，农场所在的公社集镇同样破败、荒凉、寂寞："这实际上只是一个小村子。除过公社几个机关和一个小商店、一个邮电所、一个汽车站外，也没有多少人家和建筑。"②薛峰在这个距农场十来里路的公社集镇上，目睹了郑小芳动员他去教书的中学的"真容"，破败、脏乱的院落，年久失修的教室以及近在咫尺的沙丘勾勒出了公社中学这个理应窗明几净的公共空间的"不堪"面貌。郑小芳为薛峰选择的公社中学这个工作场所与薛峰的工作单位《北方》编辑部的办公条件有着天壤之别。《北方》编辑部前院里"各种鲜花正在热烘烘的阳光下开放，一片五彩缤纷。新修的喷水池将一缕烟雾似的水流射向蓝空，水珠子在灿烂的阳光下闪烁着珍珠般的光彩"，院子里还有"修剪整齐的冬青丛""用碧绿的葡萄蔓搭成的甬道"以及"大观园式的古旧的砖砌圆门洞"。位于编辑部后院的办公室不仅宽敞明亮，而且还有一架立式电风扇。薛峰以《北方》编辑部的办公空间为参照物来对照位于沙漠腹地的公社中学时，中学校园的破败、简陋、脏乱在对比之下更为突出。在小说中，路遥以郑小芳、薛峰的视角交叉书写省城与沙漠这两个空间，构建出了省城空间与沙漠空间的强烈反差。郑小芳在沙漠景观中的生活与薛峰在省城景观中的生活自然而然地形成了对比，沙漠空间的状貌，

---

　　① 路遥. 你怎么也想不到［M］// 路遥. 姐姐的爱情. 北京：中国青年出版社，1985：382-383.

　　② 路遥. 你怎么也想不到［M］// 路遥. 姐姐的爱情. 北京：中国青年出版社，1985：386.

经由郑小芳与薛峰这两个站在不同视角/立场的知识分子的呈现，变得更为立体、丰满。

三、龙王庙

在文本中，路遥不仅仅书写了沙漠腹地的农场、荒漠等景观，还呈现了位于沙漠腹地村庄黑龙滩大队的神圣空间——龙王庙。龙王庙是由周围几个村子共同筹集基金修建的，庙会的负责人是各大队的书记。龙王庙因此具有"神权一体""政教合一"的特质。路遥在文本中对龙王庙的内部空间形态有着极为详细的书写。

> 一座砖砌的小房，凹进去的窗户上挂了许多红布匾，布上面写着"答报神恩"、"有求必应"之类的字。右房角挂一面铜锣，左房角吊一口铁钟……门两边写一副对联，上有错别字两个。对联曰：入龙宫风调雨顺，出龙宫国太（泰）明（民）安。
>
> ……
>
> 庙堂里画得五颜六色。
>
> 水泥台上供着木牌神位。神位前有香灰盒，香烟正在神案上飘绕……一盏长明灯静静地立在香灰盒边……
>
> 抬头看，正面墙上画着五位主神：五海龙王居中，两边分别是药王菩萨、虫郎将军、行雨龙王和一位无名神。两侧墙上都是翻飞的吉祥云彩，许多骑马乘龙的神正在这云彩里驰骋。看来造神者画技极其拙劣，所有的神都画得不成比例——也许神形就是如此吧？①

龙王庙这一神圣空间中供奉的五位主神反映了沙漠腹地居民最为朴实的生活诉求：以五海龙王、行雨龙王以及虫郎将军保佑此地风调雨顺、五

---

① 路遥. 你怎么也想不到 [M] // 路遥. 姐姐的爱情. 北京：中国青年出版社，1985：350-351.

谷丰登，以药王菩萨保佑此地居民药到病除、身体康健。充足的粮食和健康的身体，是人们在沙漠腹地这一恶劣的生产生活环境中生存下去所要具备的最基本的条件。但是实现生存这一目的的"手段"——求神拜佛，却是值得商榷的。在文本中，黑龙滩大队及其周边的居民在面对久旱的问题时，把唱戏祈雨作为解决问题的方法，与以鲁迅为代表的中国现代作家笔下的旧社会农民何其相似。路遥在文本中通过郑小芳这一人物含蓄地表达了他对20世纪80年代初期毛乌素沙漠腹地这个西北边地上存在的龙王庙这一景观空间的态度。

郑小芳这个在省城接受过大学教育的知识分子，在进出龙王庙的过程中一直是以观看者的立场来审视龙王庙的。她在面对龙王庙以及与之相关的人、事时所产生的认识/情感反应经历了一个由"新奇、好笑"到"惊讶"再到"哭笑不得"的变化过程：在进庙之后，郑小芳审视的只是龙王面这座砖砌的小房和上面的红布匾以及有两个错别字的对联，对于这个客观存在的空间，她只是"感到新奇而好笑"；在与农场工人吴有雄的交谈中，郑小芳得知"不信神"的吴有雄"从来不敢说不信"的原因（"这里许多老百姓都信……你要说是不信，大家就把你看成野蛮人了！"）后，她对于"不信神反倒成了野蛮"这一荒谬的现象感到十分惊讶，她对龙王庙在当地人日常生活中所占据的独特地位也有了一定的认识。当郑小芳发现了农场曹场长敬献的红绸子后，她终于意识到龙王庙这一神圣空间及其背后所蕴含的地域文化对生活在其间的居民产生的深远影响。曹场长在面对"老婆有肝炎"这一情况时，竟然通过"神巫迷信"活动来寻求精神安慰，此时的郑小芳也只能"哭笑不得"。

简而言之，龙王庙这一空间景观对于理解和解读沙漠腹地的乡土景观及其背后所蕴含的生存方式具有极为重要的意义。龙王庙的存在赋予了此地的乡村生活"世俗化的宗教氛围"和"神巫迷信"的色彩。

第二章

路遥小说中的城市景观

　　路遥小说并不是典型意义上的乡土文学，其小说人物的活动空间已经超出了乡村的范围，扩展到县城、地级市以及省城。上文已就路遥小说中的乡土景观进行了分析，下面将就路遥小说中的城市景观进行解读。路遥小说中典型的城市景观主要由《人生》《你怎么也想不到》以及《平凡的世界》等表现城乡生活的小说提供。具体来说，小说《人生》呈现的是县城的景观；小说《平凡的世界》呈现的是原西县城、黄原城、铜城以及省城的景观；小说《你怎么也想不到》呈现的则是省城的城市景观。为了论述的方便以及行文的简洁，下文将依据路遥小说对城市景观书写的侧重点，分别对小说《人生》中的县城空间、《平凡的世界》中的黄原城和铜城空间以及《你怎么也想不到》中的省城空间进行解读。

第一节　县城景观

　　小说《人生》中的县城景观是通过高加林的视角来呈现的。通过高加林驻足远望来展示的县城景观基本上是对县城外在轮廓、线条的呈现，通过高加林在县城中的行走所呈现的空间则更为丰富具体。路遥在小说中对不同的时间节点中被观看的县城景观的书写及其对县城内部不同层面的景观空间的描绘也彰显出了县城景观的变化性与丰富性。

一、县城——观看的对象

《人生》中高加林对县城的远观发生于其进城卖馍的必经之处——大马河与县河的交汇之处，此时的高加林还处于一个外在于城市的他者的立场。同时，这个"看—被看"的场景也是作为观看主体的高加林站在县城景观之外对观看对象县城的凝视。县城作为被凝视的对象，在其身上相对应地投射了凝视者高加林的主观情感，其在小说文本中呈现出来的状态具有独特的意味：

> 当他走到大马河与县河交汇的地方，县城的全貌已经出现在视野之内了。一片平房和楼房交织的建筑物，高低错落，从半山坡一直延伸到河岸上。亲爱的县城还像往日一样，灰蓬蓬地显出了它那诱人的魅力。……学校、街道、电影院、商店、浴池、体育场……生活是多么的丰富多彩！可是，三年前，他就和这一切告别了……
>
> ……
>
> 往事的回忆使他心酸。他靠在大马河桥的石栏杆上，感到头有点眩晕起来。[①]

这段描述中既有对县城错落有致的线条的客观描绘，又充满了高加林对曾经有过的县城生活的怀念，还含蓄地表达了由城回乡的高加林的怅惘。在进入县城后，高加林面对昔日熟悉的景观，除了追忆求学时期的花样年华之外，还因其自身遭际今昔对比的巨大反差，几乎失去了自信，甚

---

① 路遥.人生［M］.北京：北京十月文艺出版社，2011：25-26.

至变得有些猥琐："现在，他却拉着茅粪桶，东避西躲，鬼鬼祟祟，像一个夜游鬼一样。"①

小说《人生》中，高加林对县城景观的第二次观看是在高加林成为通讯干事之后在东岗发生的。这时的高加林在观看风景时的心态已与进城卖馍时有了明显的不同。造成这种心态差异的直接动因是其身份的转变，高加林从高家村的一位社员变成了县城里的通讯干事，即从一个外在于县城的他者变成了内在于县城的一分子。因此，高加林对县城景观的观看也从之前置身于县城之外的远观/远眺变成了身处县城之中的近观/近眺。与此同时，这种主体性的获得，使其在观看县城景观时的心态与之前有了明显的区别，其所看到的县城景观也与之前有了明显的不同。路遥在文中这样写道：

> 高加林坐在一棵大槐树下，透过树林子的缝隙，可以看见县城的全貌。一切都和三年前他离开时差不多。只是街面上新添了几座三四层的楼房，显得"洋"了一些。县河上新架起一座宏伟的天桥，一头连起河对面几个公社通向县城的大路，另一头直接伸到县体育场的大门上。
>
> ……
>
> 当星星点点的灯火在城里亮起来的时候，高加林才站起来，下了东岗。一路上，他忍不住狂热地张开双臂，面对灯火闪闪的县城，嘴里喃喃地说："我再也不能离开你了……"②

高加林站在大马河桥上远观县城时，由于与县城有相对遥远的距离，县城在其眼中的样貌只是模糊的轮廓/线条——"一片平房和楼房交织的建筑物，高低错落，从半山坡一直延伸到河岸上"，实际上高加林眼中的县城是高度抽象化的，他在观看中并没有读取到观看对象县城的具体信息，

---

① 路遥. 人生 [M].北京：北京十月文艺出版社，2011：119.
② 路遥. 人生 [M].北京：北京十月文艺出版社，2011：145.

县城只是给他留下了"高低错落"的模糊印象。高加林站在东岗上观看到的县城则是具象化的,充满了具体可感的细节,如"街面上新添了几座三四层的楼房""县河上新架起一座宏伟的天桥"。这些细节除了表征变化中的县城景观之外,还昭示着高加林外来者的身份,县城景观的变化对高加林来说是一个值得书写的"发现"。在不同的时间节点中被观看的县城景观,由于观看者心境、阅历以及观看视角的不同,呈现出了极具差异性的内部空间,县城景观的丰富性由此得到彰显。

二、县城内部空间

《人生》中县城的空间景观,因高加林进城动因的不同呈现出差异化。具体来说,高加林在县城求学读书的三年时间里,其所经历的城市空间由"学校、街道、电影院、商店、浴池、体育场……"①构成;高加林进城卖蒸馍时,其在城市空间中穿行的路线则是街道—车站—南关交易市场—县文化馆阅览室;高加林参加生产队劳动进城挑粪时出入的城市空间则是街道—机关单位—车站—副食公司以及这些地方的厕所;高加林"走后门"成为通讯干事后,其办公和生活的地点是县委的客房院里,他在县城日常活动的地方主要有县体育场、县文化馆、县广播站、东岗、国营食堂等地。而因采访工作的需要,像县水泥厂这样的工厂企业也是高加林经常涉足的城市空间。

简而言之,高加林在县城求学和工作时期所处的城市空间与其进城卖馍、挑粪时经过的城市空间是有着明显的不同的,这种不同极大地丰富了小说《人生》中的县城景观。县城内部的空间结构变得具体可感,县委大院、南关交易市场、文化馆、体育场、电影院、广播站、机关食堂、副食公司、浴室以及东岗等空间基本上涵盖了县城在政治、经济、文化、娱乐、宣传、饮食、卫生以及生态等不同层面的景观。

---

① 路遥. 人生 [M]. 北京:北京十月文艺出版社,2011:26.

县委大院的客房院"四面围墙，单独开门"，高加林自己"占一孔造价标准很高的窑洞"，"桌椅板凳和公文柜在他来的前一天都已经摆好了"，"这里条件好，又安静，适合写文章"，"一切都叫人舒心爽气！西斜的阳光从大玻璃窗户射进来，洒在淡黄色的写字台上，一片明光灿烂，和他的心境形成了完美和谐的映照"①。与县委客房院的静谧相反，县城南关交易市场彰显了县城的热闹、繁荣。交易市场由菜市、猪市、牲口市以及熟食摊四个部分构成，"挤满了各式各样买卖东西的人"。市场上"弥漫着灰尘，噪音像洪水声一般喧嚣，到处充满了庄稼人的烟味和汗味"②；县文化馆作为文化空间，其阅览室为读者提供了《人民日报》《光明日报》《中国青年报》《参考消息》等报纸资源，是"城市喧嚣的海洋里"难得的"平静的一隅"；县体育场是除电影院外最红火的地方，"篮球场灯火通明，四周围水泥看台上的观众经常挤得水泄不通"；东岗则是县城风景最优美的地方，因一般市民的兴趣多在剧院和体育场，很大的山冈因为没有几个人来，显得极为幽静，是受中学教师、医生等知识分子喜爱的休闲空间。

从乡村空间（高家村）进入城市空间（县城）的高加林，以高家村为参照物来观照城市空间时，其眼中的县城景观是十分壮观的。路遥在对高加林进城掏粪事件的呈现过程中，十分明确地展示了县城的夜景在高加林这个乡村知识青年头脑中投射出的印象。

> 城市的灯光已经渐渐地稀疏了，建筑物大部分都隐匿在黑暗中。只有河对面水文站的灯光依然亮着，在水面上投下了长长的橘红色的光芒，随着粼粼波光，像是一团一团的火焰在水中燃烧。
>
> ……
>
> 这时候，他的目光向水文站下面灯光映红的河面上望去，觉

① 路遥. 人生［M］. 北京：北京十月文艺出版社，2011：143-144.
② 路遥. 人生［M］. 北京：北京十月文艺出版社，2011：34.

得景色非常壮观。他浑身的血沸腾起来，竟扔下粪车子，向那里奔去。①

高加林之所以会认为河面上倒映的水文站的灯光"非常壮观"，是与其乡村生活经验密切相关的。从上文对高家村景观空间的分析中可以看出，高加林原生家庭所在的高家村基本上是一个与农耕文明密切关联的乡土空间/前现代空间②，县城是高加林看到过的最具现代城市文明/工业文明特色的景观空间，因此，县城也就成为承载高加林对现代文明的憧憬的理想之地。

当高加林有了新的参照物——省城后，县城在其头脑中的映像发生了极为明显的反转。路遥在小说中对高加林从省城回到县城后感官体验的转变进行了极为细致的呈现："城郭是这么小！街道是这么短窄！好像经过了一番不幸的大变迁，人稀稀拉拉，四处静悄悄的，似乎没有什么声响。"③

路遥不仅书写了高加林因参照物的改变而产生的对县城景观空间体验的变化，而且分析了导致这种变化的原因。"县城一点也没变。是他的感觉变了。任何人只要刚从喧哗如水的大城市回到这样僻静的山区县城，都会有这种印象。"④也就是说，从省城回到县城的高加林，其观照县城的参照物从原来的高家村变成了省城。在高家村—县城—省城的对比序列中，县城景观空间相较于高家村景观空间的优势在省城景观空间的对照下荡然无存，他因此感到他在县城中"不必缩头缩脑生活，完全可以放开手脚……"⑤个人生命经验的丰富不仅使得高加林增长了见识、开阔了视野，同样还使其加深了对县城景观空间的认识。

---

① 路遥. 人生［M］. 北京：北京十月文艺出版社，2011：126.

② 从小说《人生》的描述中我们得知20世纪70年代的高家村照明用的仍然是煤油灯，农业生产依然依靠人力、畜力，现代文明的风还没有吹到高家村这个小山村。

③ 路遥. 人生［M］. 北京：北京十月文艺出版社，2011：225.

④ 路遥. 人生［M］. 北京：北京十月文艺出版社，2011：225.

⑤ 路遥. 人生［M］. 北京：北京十月文艺出版社，2011：225.

第二节 黄原城景观

路遥在小说《平凡的世界》中，对黄原城的历史沿革、地理位置、内部空间构成等情况有着细致的描绘。从历史沿革上来看，黄原城是一座有着厚重历史文化底蕴的城市，"据清嘉庆七年版《黄原府记》称，其历史可追溯至周（古为白狄族所居住）。周以后，历代曾分别在这里设郡、州、府，既是屯兵御敌之重镇，又是黄土高原一个重要的物资集散地"。路遥在小说中对于黄原城的地理位置、内部空间构成等情况也做了详细的介绍。①依托小说文本中对黄原城整体状貌的书写，可以得到如下一幅黄原城的简图。

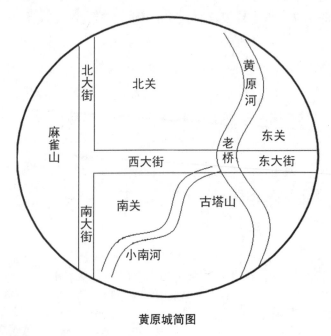

黄原城简图

① 参见路遥.平凡的世界：第二部 [M].北京：北京十月文艺出版社，2012：95-96.

连绵的群山划定了黄原城的外部边界，流经城市的黄原河以及南北大街、东西大街把城市分成了东关、北关、南关三个部分，且这三个部分的景观有着明显的区别。东关有汽车站、各种杂七杂八的市场摊点和针对外地人的旅馆、饭店，东关大桥头也是传统的出卖劳动力的市场，整个东关是嘈杂的、杂乱的。城市的主要部分是黄原河西岸的北关和南关。北关为宾馆、军分区和学校的集中地，满眼都是穿军装和学生装的青少年，很整洁；南关大都是党政部门，比较清静。

路遥在小说中不仅勾勒了黄原城景观的线条和轮廓，还通过对小说人物城市体验的描述呈现了黄原城的内部景观。小说《平凡的世界》中，孙少平、孙少安、田晓霞、田润叶、徐国强等人物体验到的城市景观空间大致可以分为以下几类：一是进城者孙少平、孙少安体验到的公共空间景观，如车站、街道、宾馆、东关大桥头；二是揽工汉孙少平生存、活动的城市内部空间，如建筑工地、工棚；三是田福军这样的城市官员办公和生活的地委大院等办公/生活空间。

一、车站—宾馆

车站在路遥小说《平凡的世界》中具有独特的意义，它为进城者提供了关于城市的最初的、最直观的景观体验。可以说进城者们是带着这份由车站提供给他们的关于城市的第一印象开始其城市之旅的。

路遥在小说《平凡的世界》中并没有就车站的外观进行描绘，而是将写作的侧重点放到了由车站及其所在的街道构成的城市景观给进城者带来的视觉上的冲击以及精神上的威压方面。路遥在小说《平凡的世界》中是这样描写揽工汉孙少平初到黄原市的画面的："他恍惚地立在汽车站外面，愕然地看着这个令人眼花缭乱的世界。……一刹那间，他被庞大的城市震慑住了，甚至忘记了自己的存在。"① 乡村青年孙少平在面对这个完全不同

---

① 路遥. 平凡的世界：第二部 [M]. 北京：北京十月文艺出版社，2012：96-97.

于乡村的新空间时，其"恍惚""愕然"以及被城市"震慑"住了的心理感受凸显了孙少平初次进入城市的情感体验。与此同时，以黄原汽车站为起点开始其城市之旅的孙少平，极为自然地将其旅途中的落脚点选在了东关大桥头这一传统的出卖劳动力的市场，这表明孙少平对其在黄原城这个"新大陆"中的身份是有着极为清醒的认识的：他与挤满了东关大桥头的揽工汉一样，只是在城市中靠出卖劳动力来维持生存的农民或者说是农民工。

孙少平在返乡完成了分家事宜后，第二次置身于黄原汽车站时的情感体验与初次来到汽车站时有着极为明显的不同。初次见识城市时的震惊、慌张被担忧其如何在城市中活下去的惆怅、焦虑所替代。再次进入城市的孙少平在城市空间中的流动轨迹依然是从车站到东关大桥头。但是其中也有着细微的差别：孙少平初次到黄原城揽工时，是在顺着街道往前行走的过程中发现了东关大桥头上的揽工汉群体，然后自然地加入了揽工汉阵营中，一切都是在无意识中进行的；再次来到黄原城的孙少平是自觉地向东关大桥头这个劳动力市场走去的，是有意识的行为，也就是说孙少平基本上认可了其揽工汉的身份。

孙少平在春节过后第三次返回黄原汽车站的体验与前两次有着极为明显的不同。与上次回双水村分家时一样，孙少平把他揽工挣到的血汗钱都分给了家人，再一次身无分文地来到了黄原汽车站。但是他的内心并没有像前两次那样慌张/焦虑，反而是处于一种笃定/自信的状态。孙少平的自信/笃定与他在不同工地上历练积累出来的丰富的揽工经验有关，也与他户口迁到北关阳沟成为黄原近郊农民有关。此时的孙少平在身体和户籍的双重意义上完成了从边缘/乡村（双水村）到中心/城市（黄原城）的向上流动。作为一个"年轻力壮"的"老练而出色的小工"，孙少平对他在黄原城的奋斗之路无疑是充满信心的，这一点和初到北京城拉洋车的祥子是何其相似！

孙少安第一次到黄原城的体验与孙少平的感受几乎一致。

当他（指孙少安）斜背着落满灰土的黑人造革皮书包从汽车站走出来的时候，立刻被城市的景象弄得眼花缭乱，头晕目眩。他连东南西北也搞不清楚了。他抬头望了望城市上空的太阳，觉得和双水村的太阳的位置都是相反的——太阳朝东边往下落？

孙少安这个乡村"能人"面对与乡土景观完全不同的复杂的城市空间时几乎立马陷入了前所未有的精神混乱中。这种精神混乱的表现之一就是方向感的丢失。城市陌生的街道、建筑不仅使孙少安"眼花缭乱，头晕目眩"，而且使他迷失了方向，甚至于连太阳这一帮助辨认方向的参照物的位置都感觉发生了变化。孙少安与孙少平的区别在于他是进城"一日游"，而不是为了在城市中谋生，因此孙少安在城市空间中的落脚点并不是东关大桥头，而是为旅客提供高品质居住服务的黄原宾馆。

当孙少安带着城市景观造成的时空错乱感来到黄原城的典型景观——黄原宾馆时，面对"地上铺着栽绒毯，一张双人软床，雪白的被褥都有点晃眼；桌子上还搁架电视机……"的宾馆房间以及18元一天的房费，他再一次受到了精神上的冲击。孙少安来到黄原宾馆的一幕简直就是《陈奂生上城》中陈奂生住宾馆的重演。孙少安面对女服务员时的不安以及18元一天的房费带来的震惊都暗示着孙少安在精神脉络上对陈奂生的沿袭——对农民这一卑微身份的自我认同以及面对城市与乡村间的巨大差异所产生的心理劣势。《陈奂生上城》中5元一晚的住宿费使陈奂生卖油绳的钱分文不剩，陈奂生再也不敢在宾馆里多待一天。孙少安这个乡村富裕户面对18元的房费时同样也在盘算着第二天能不能找一个便宜的地方。可以说，黄原宾馆这一城市空间展示了城市富丽堂皇的一面，也通过对孙少安来说近乎奢侈的消费模式潜在地打击了他这个乡村"能人"的自尊。

在小说《平凡的世界》中，路遥还详细地描述了孙少平第一次到省城的经历，他面对省城的感触与孙少安第一次到黄原城的感触具有某种一致性。

他在万头攒动的车站广场，呆立了好长时间。

> 天呀，这就是大城市？
>
> 孙少平置身于此间，感到自己像一片飘落的树叶一般渺小和无所适从。他难以想象，一个普通人怎么可能在这样的世界里生活下去？
>
> 他怀着一种被巨浪吞并的感觉，恍惚地走出拥挤的车站广场，寻找去北方工大的公共汽车站。
>
> ……
>
> 一路上，他脸贴着玻璃，贪婪地看着街道上的景致。他几乎什么具体东西也没看见，只觉得缤纷的色彩像洪水般从眼前流过。

已经具备一定城市生活经验的孙少平在面对省城时，仍然因其庞大而感到震惊，并在震惊之余有一种"被巨浪吞并的感觉"。孙少平也与初次进城的孙少安一样，在进入车站/城市的瞬间失去了方向感。路遥用"一片飘落的树叶一般渺小和无所适从"这样的句子来形容孙少平面对省城这一庞然大物的感受是十分贴切的。在个体与都市庞大的空间结构的对比中，个体在都市中漂泊不定的无根感以及个体的渺小感被凸显了出来。

二、东关大桥头——建筑工地

东关大桥头是传统的出卖劳动力的市场，路遥用初到此地揽工的孙少平的视角呈现了东关大桥头杂乱的景观。

> 到东关大桥的时候，他看见街道两边的人行道上，挤满了许多衣衫不整或穿戴破烂的人。他们身边都放着一卷像他一样可怜的行李；有的行李上还别着锤、钎、刨、錾、方尺、曲尺、墨斗和破篮球改成的工具包。这些人有的心慌意乱地走来走去，有的麻木不仁地坐着，有的听天由命地干脆枕着行李睡在人行道上。少平马上知道，这就是他的世界。他将像这些人一样，要在这里等待人来买他的力气。

他便自然地加入了这个杂乱的阵营，找了一块空地方把行李搁下。周围没有人注意他参加到他们的队伍中来。和这些同行比起来，他除过皮肤还不算粗糙外，穿戴和行李没有什么异样的。不过，他发现，他和他周围的所有人，也并不被街上行走的其他人所注意。由汽车、自行车和行人组成的那条长河，虽然就在他们身边流动，但实际上却是另外一个天地。街上走动的干部和市民们，没什么人认真地看一眼这些流落街头的外乡人。[①]（着重号为笔者所加）

东关大桥头杂乱的景观是由众多背井离乡的揽工汉共同建构的，而孙少平这个"新人"的到来并没有在揽工汉群体中形成任何波澜，他更像是汇入沙堆中的一粒沙子，孙少平与其他的揽工汉在外貌上并没有什么不同，也就是说孙少平这个独立的个体已经淹没在揽工汉群体中，成为东关大桥头杂乱景观的一部分。

引文还为我们呈现了东关大桥头景观的另外一个侧面，如果说"这些人有的心慌意乱地走来走去，有的麻木不仁地坐着，有的听天由命地干脆枕着行李睡在人行道上"的景观是相对静态的、凝固的画面，那么东大街上"由汽车、自行车和行人组成的那条长河"则是动态的、流动的画面，这一静一动的景象共同建构了东关大桥头的景观空间。但是东关大桥头景观空间中存在着明显的空间割裂——两幅画面中的人群并没有形成"互视"的关系，揽工汉孙少平显然是看到了"街上走动的干部和市民们"，但是"街上走动的干部和市民们，没什么人认真地看一眼这些流落街头的外乡人"。如果不是小说的主人公孙少平成为揽工汉中的一员，他们在黄原城这个经由文学作品构建的空间中将一直处于被忽视/无视的"透明人"状态，是孙少平的出现使得东关大桥头杂乱景观中沉默的揽工汉群体成为被发现的"风景"。

---

① 路遥. 平凡的世界：第二部［M］. 北京：北京十月文艺出版社，2012：96-97.

在下午的东关大桥头这一特定的时空节点上，孤单、恐慌的孙少平虽然身处于人群之中，却像"置身于一片荒无人烟的旷野"，此时他通过心灵的视觉看到了他急于走出的双水村。可以说进城揽工的孙少平对城市与乡村的情感是十分复杂的。他对他的出生地双水村充满着眷恋，却又无法忍受双水村带给他的"苦恼"；他在黄原城是一个居无定所的内心充满恐慌的漂泊者/流浪汉，却又奋不顾身地投入东关大桥头的揽工人群中，期望能够在城市中"活下去"，开创人生的新篇章。而"新的生活"的开端却是以身体的商品化为起点的，乡村知识青年孙少平只能与众多揽工汉一样等待"救世主"/包工头的挑选——"包工头就像买牲畜一样打量着周围的一圈人，并且还在人身上捏捏揣揣，看身体歪好，然后才挑选几个人带走"①。正因如此，揽工汉群体中存在着竞争关系，身体条件的优劣成为能否揽工成功的决定因素。而孙少平这样没有从事过体力劳动又无一技之长的乡村知识青年，在东关大桥头的劳动力市场上其实并不具备竞争力，其为数不多的筹码就是年轻、肯吃苦——"把饥饿、寒冷、受辱、受苦当作自己的正常生活……"②

夜幕中的东关大街却是另外一幅景象。

> 现在，他又重新踯躅在东关的街道上。夜幕下的城市看起来比昼间更为壮丽；辉煌的灯火勾勒出五光十色的景象，令人炫目。大街上，年轻的男女们拉着手，愉快地说笑着，纷纷向电影院走去。旁边一座灯火通明的家属楼上，不知哪个窗口飘出了录音机播放的音乐……

> 孙少平扛着自己的被褥，手里拎着那个破黄提包，回避着刺目的路灯光，顺着黑暗的墙根，又返回到了大桥头。这大桥无形中已经成了他的"家"。现在，揽活的人大部分都离开了这里，

---

① 路遥. 平凡的世界：第二部 [M]. 北京：北京十月文艺出版社，2012：98.

② 路遥. 平凡的世界：第二部 [M]. 北京：北京十月文艺出版社，2012：98.

街头的人行道被小摊贩们占据了。①

白日的东关大桥头以及东关大街的景观中，揽工汉与市民各自占据半壁江山，且在一静一动中形成一种单向的看/被看的关系；夜晚的东关大桥头揽工汉的人群稀疏起来，乃至在夜幕的掩盖下消失在黑暗之中，东关大街上只剩下了小摊贩以及去电影院的年轻男女、其他城市居民充满着欢乐与温馨气氛的家庭生活。在这样的景观中，作为个体的孙少平终于被凸显了出来，孙少平与其所处的东关大街的景观空间之间存在着一种充满张力的关系：形单影无处可去的孙少平成为破坏东关大街欢乐乐章的不和谐音符，东关大街上年轻男女愉快的说笑声同样反衬出了孙少平的落魄、孤单；与此同时，"心绪像一团乱麻"的揽工汉孙少平与快乐的城市青年男女之间的落差使得东关大街的景观具有了层次与深度，也赋予了景观丰富的阐释空间。

在揽到活儿后，已经有了颇为糟糕的城市体验的孙少平终于"发现"了城市景致美好的一面，终于嗅到了飘满全城的槐花芬芳的香味，终于在经历了震惊、慌张、孤单、烦乱的情感体验后感受到了城市景观带给他的喜悦、欢乐。这些美好体验的获得是以"有'工作'"为前提的，在解决了生存的问题之后，置身于城市景观中的孙少平，终于能用一种较为平和的心态来感知、享受城市景观的美，并在城市景观中获得一种归属感。"春风吹拂在脸上，就像一只温柔的手在亲切地抚摸着他"并不仅仅是感官层面的惬意感受，更是心灵层面上的舒适体验。类似于"一只温柔的手在亲切地抚摸着他"的这类情感体验其根源基本上可以追溯到婴幼儿时期母亲的抚摸。找到"工作"的孙少平在城市景观中感受到了如此温暖的"春风"，既是其喜悦心情在生理层面的直观反映，也是其因在城市找到生存之道而初次获得归属感的情感外露。

孙少平第一次揽工是在北关阳沟大队书记家，他干的是最重的活儿

---

① 路遥. 平凡的世界：第二部［M］. 北京：北京十月文艺出版社，2012：99-100.

（从沟道里的打石场往半山坡背一百多斤的大石块），住的是没窗户的敞口子窑。路遥在文本中细致地书写了在阳沟大队书记家这个内部空间里与孙少平相关的三个场景[①]：在第一个场景中，路遥为我们呈现了敞口子窑略显糟糕的生活环境以及孙少平对糟糕环境的适应。在第二个场景中，阳沟大队书记的妻子对孙少平的关怀给身心疲惫的孙少平带来了"春风"般的慰藉。如果说在黄原城找到的"工作"，使孙少平与城市产生了经济上的联结，他获得的工钱能让他维持在城市中的生活的话，那么在工地上感受到的这个温暖了孙少平内心的细节，则让身处严酷环境中的孙少平在情感上与城市景观中的人产生了联结。这种被关怀、被照顾的感觉无疑能够增强孙少平在城市中的归属感。第三个场景明确地指出了孙少平的与众不同之处：孙少平经由街道从城市的商业空间（百货商店）进入揽工汉生活的内部空间（敞口子窑）。在敞口子窑中，"睡得像死人一般"的工匠与孙少平之间的区别就在于对不能上工的闲暇时间的分配上面。孙少平在睡足了觉后，先是去街上走一走。在街道上的孙少平对这座陌生的黄原城充满了好奇：他先是"忍不住趴在黄原宾馆的大铁门上，向里面张望了一会"，因为"那里面是他所不了解的另一种生活"；然后又去市内最大的百货商店，为自己挑选了一身衣服。在远观了黄原宾馆这座"富丽的建筑物"以及亲身体验了以百货商店为代表的城市生活后，回到敞口子窑的孙少平，倒在自己的烂被子里，看起了纯文学读物《牛虻》！

孙少平揽到的第二份工是在南关一个半山坡上的主家，住的仍然是一个没有没窗的闲窑。这口窑洞里，"地上铺一层麦秸，十几个人的铺盖卷紧挨在一起"。在这个内部空间中，路遥用寥寥数笔为我们提供了一个窥探孙少平真实心境的场景："孙少平却翻过身怎么也睡不着。他感到浑身

---

① 参见路遥. 平凡的世界：第二部［M］. 北京：北京十月文艺出版社，2012：107−110.

燥热，脑子里嗡嗡直响。城市已经一片寂静，远处黄原河的涛声听起来像受伤的野兽发出压抑而低沉的呼号……"①在这一场景中，路遥通过对孙少平失眠场景的书写，再一次凸显了孙少平与其他揽工汉的不同。这种不同，可以理解为作为揽工汉的乡村知识青年孙少平的精神焦虑。孙少平对自身未来城市生活惨淡前景的悲观预测，以及这种悲观前景所带来的无力感、绝望感，是造成其内心焦虑不安的主要原因。如果说"黄原河的涛声听起来像受伤的野兽发出压抑而低沉的呼号"，那么在某种层面上，我们亦可以把在深夜辗转难眠的孙少平解读为"受伤的野兽"，因为揽工生活确实给他带来了伤痕累累的身体以及精神上巨大的焦虑。"他感到浑身燥热，脑子里嗡嗡直响"的处于失眠状态的身体，就是孙少平这个"受伤"的个体所发出的"压抑而低沉的呼号"！

在物资局的工地上当小工的孙少平依然干着背石头的活计，且劳动强度比之前的两份工更大。为了在激烈的竞争中不被包工头打发走，孙少平"尽管脊背的皮肉已经稀巴烂，但他忍受着疼痛，拼命支撑这超强度的劳动"。在这个工地上，当年纪大的匠人忙着睡觉、年轻的小工们忙着去街上看电影的时候，脊背"皮破肉绽"的孙少平却是这样利用晚上收工后的时间的——"他通常都是拿本书在院子的路灯下看一会"。而且在黄原图书馆办了临时借书证的孙少平迷上了传记文学，《马克思传》《斯大林传》《居里夫人传》等传记文学作品给了孙少平丰富的精神养料，使其不至于被高强度的体力劳动压得麻木不仁。

简而言之，孙少平因在城市中找到"工作"以及在揽工中得到的温暖与善意而确立的安全感/归属感基本上被其对未来人生道路的悲观预测而破坏殆尽，在黄原城当揽工小子的孙少平与其他揽工汉一样，依然是一个外在于城市的"他者"。

① 路遥. 平凡的世界：第二部［M］. 北京：北京十月文艺出版社，2012：138.

三、私人空间

在小说《平凡的世界》中，除了上文分析的车站、东关大桥头、街道、宾馆等城市公共空间以及建筑工地、工棚等城市内部空间之外，路遥还为我们呈现了国家机构工作人员工作和生活的办公、休息空间，即办公室、家属院等私人空间。

蓬头垢面、破衣烂裳的孙少平在电影院门口偶遇了他高中时期的朋友田晓霞。正是在田晓霞的引导下，孙少平才有机会以一个外来者/参观者的身份亲历地委大院这一国家机构工作人员工作和生活的办公、休息空间。路遥在文本中详细地书写了黄原城地委大院以及常委院的外部景观："常委院是一排做工精细的大石窑洞，三面围墙，有个小门通向家属楼。院里有几座小花坛，期间花朵大都已凋谢，竟奇迹般留了一朵红艳艳的玫瑰。墙边的几棵梧桐树下，积了厚厚一层黄叶。"[1]路遥还为我们呈现了黄原地区行政公署专员/地委书记田福军办公室的内部空间格局："窑洞面积很大，两孔套在一起；刚进门的这孔显然是办公室，从墙中间的一个小过洞里穿过去，便是书房兼卧室了。"[2]

除此之外，路遥还为我们呈现了田福军/田晓霞一家人居住空间的内部居住空间。在研究田福军家的内部居住空间之前，我们先来简单地了解下田家的人口构成。田福军、徐爱云夫妇二人共育有两个子女——田晓晨、田晓霞，其中田晓晨已经成家，并不与他们同住，田晓霞在黄原师专读书，平时在学校宿舍里居住，田晓霞的堂姐田润叶在其单位团地委的办公室住，通常不回田福军家。因此，田福军这个六口之家的常住人口只剩下田福军夫妇和徐国强老人。但是他们在地委家属楼的房子却有六个房间！

---

① 路遥. 平凡的世界：第二部 [M]. 北京：北京十月文艺出版社，2012：167.
② 路遥. 平凡的世界：第二部 [M]. 北京：北京十月文艺出版社，2012：167.

这很难不让我们联想到同样是六口之家的孙玉厚/孙少平家①逼仄的居住空间，而孙玉厚与田福军在双水村里是同一代人。孙少平与田晓霞这对恋人在社会身份、地位上存在的巨大差距在很大程度上是由其原生家庭导致的。也就是说，孙少平之父孙玉厚与田晓霞之父田福军这两位双水村的同辈人因其个人际遇的差异，给他们的子女带来了差异巨大的人生起点。②

路遥在小说中呈现了田晓霞在黄原市地委家属院的房间的内部陈设："一张小床，一张小桌子，一只小皮箱。房间是洁净的，但比一般女孩子的房间要乱一些。书和一些零七碎八放得极没有条理；墙壁上光秃秃的，也不挂个塑料娃娃或其他什么小玩艺。只有小桌子正中的墙上，钉着一小幅列宾的油画《伏尔加纤夫》。"③田晓霞房间陈设虽然十分简单，但也是一处能够供她长久居住、带给她家庭温暖/安全感的空间。而孙少平在黄原城居住的空间则是处于变动中的，他一直在不同的建筑工地中迁徙/流浪，建筑工地工棚脏、乱、差的居住条件也与田晓霞的居住空间形成了鲜明的对比。

---

① 孙玉厚家的人口构成如下：老祖母、孙玉厚夫妇、孙兰花（已出嫁）、孙少安、孙少平、孙兰香。孙少安在与其妻贺秀莲结婚前，住在自己掏的小土洞里；孙少平与孙兰香一直在金波家借住；孙少安在结婚后因为无力建新房只能住在生产队的饲养室里。

② 孙玉厚是双水村老实本分的农民，在帮助其弟孙玉亭成家后欠下一河滩的账。作为家里仅有的一个劳动力，孙玉厚不仅要赡养常年卧病在床的母亲，还要拉扯四个年幼的子女，家庭负担十分沉重。因此，孙少安作为家中的长子，过早地承担了生活的重压，在小学毕业后就辍学回生产队劳动。孙少平虽然挣扎着读完了高中，但是在学校也是节衣缩食；孙兰香相对轻松的高中生活，也是因为外出揽工的孙少平定期给她寄生活费。出身于双水村的田福军，其人生轨迹因为升学（考入陕甘宁边区师范，后又在中国人民大学进修）、参军（20世纪40年代参加解放军）而脱离了双水村狭小的天地。在小说中，田福军先后进入原西县、黄原市以及陕西省的政治舞台中。作为国家干部的田福军，自然为其子女田晓晨、田晓霞提供了较好的学习和生活条件。田晓晨从西北大学毕业后到高校任教；田晓霞在高考落榜后，通过复习考取了黄原师专，他们兄妹二人都成为知识分子。

③ 路遥. 平凡的世界：第二部 [M]. 北京：北京十月文艺出版社，2012：174.

第三节　铜城景观

在小说《平凡的世界》中，随着孙少平的身份从黄原城的揽工汉变成了铜城矿务局大牙湾煤矿的工人，其生存的空间也从黄原城变成了煤炭城市——铜城。路遥在《平凡的世界》第三部中书写了工人孙少平在铜城这个煤矿城市的生活，为我们呈现了一个迥异于双水村这一乡土景观以及黄原城这一城市景观的独特空间，一个由地上空间与地下空间共同组成的煤矿景观。

一、铜城的空间格局

依据路遥在小说中对黄原城、铜城以及省城等地空间方位的描述，铜城的空间格局大致如下图所示：

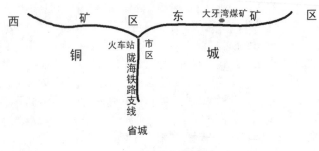

铜城的空间格局图

铜城四周全是山梁土峁，城市坐落于狭长的山沟里，仅有一条主街。

在这条主街上，"商店铺面，楼房街舍，就沿着这条蜿蜒曲折的街道，沿着铁路两侧，沿着那条平时流量不大的七水河，鳞次栉比，层层叠叠，密集如蜂房蚁巢，由南到北铺排了足有十华里长"①。在座因煤而生的城市，其历史兴衰以及空间格局都与煤炭这一资源有着密不可分的联系。正如路遥在小说中所写："正因为这里有煤，气贯长虹的大动脉陇海铁路才不得不岔出一条支脉拐过本省的中部平原，把它那钢铁触角延伸到这黑色而火热的心脏来。"铁路对于这座煤炭城市极为重要，火车站也因此在城市空间格局中具有极为重要的地位——"火车站位于城市中心。一幢长方形的候车室涂成黄色，在这座沾灰染黑的城市里显得富丽堂皇。"②

　　铜城储量丰富的煤炭资源并不在城区，而是在铜城东、西两面的山沟里。为了开采山沟里的煤矿，从陇海铁路岔出来的支线又岔出两股，串起了东、西两面二十多个矿区。而这些相距只有十来里路的煤矿矿区，在人口方面几乎都超过了一个山区县城的规模——每个矿区都有上万名工人。路遥在小说中用"密集的人口，密集的房屋，高耸的井架，隆隆的机声，喧嚣的声浪"来描述铜城矿区的地面上密集、拥挤、充满活力的生产生活空间。而铜城的各个矿区之所以能够形成如此规模的地上生产生活空间，正是由铜城矿区的地下生产空间决定的。这个位于大地几百米深处的世界由密如蛛网的四通八达的巷道连接而成，"大巷里矿车飞奔，灯火通明；掌子面炮声轰响，硝烟弥漫；成千上万的人二十四小时三班倒，轮番在地下作业"。这个围绕着煤矿而构建的空间中的所有事物都打上了煤的烙印——它的街道、房屋、树木，甚至是那些小鸟都被无处不有的煤熏成了烟灰色。从小说对铜城景观的描绘来看，铜城极为明显地呈现出了煤矿城市的特色——其景观因时间的不同在视觉上呈现出不同的效果：在日光下市区及其周围的矿区是沾灰染黑的，在夜幕的掩映下则是一片灯火灿烂的景象。

---

① 路遥.平凡的世界：第三部［M］.北京：北京十月文艺出版社，2012：4.

② 路遥.平凡的世界：第三部［M］.北京：北京十月文艺出版社，2012：4.

不仅如此，煤矿的开采还对此地的自然地理特征产生了影响：一方面，矿区不缺燃料，这里的山山峁峁长起了茂密的柴草以及树木梢林，比黄土高原的其他地区更有风光，"每当入秋之时，有些山上红叶如火，花团锦簇似的夺人眼目……"另一方面，煤矿的开采也导致了地形、地貌的变化。山梁土峁的地层深处因采矿而形成的空洞造成了地表下陷，"令人触目惊心的大裂缝往往撕破了几架山梁，甚至大冒顶造成整座大山崩塌陷落"。简而言之，铜城及其周围的矿区是一片充满无限活力同时又暗含着巨大风险的灰黑色的空间。几十万煤矿工人及其家属的喜怒哀乐都在这一空间中上演，这也是煤矿工人孙少平将要生活的地方。

二、大牙湾煤矿

根据路遥在小说中大牙湾煤矿内部空间的描述，大牙湾煤矿的空间形态如下图所示。

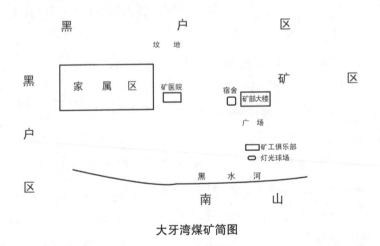

大牙湾煤矿简图

大牙湾煤矿位于铜城市区东面四十华里处的山沟里，是分布于铜城东、西两面二十多个矿区中的一个。大牙湾这个山湾中挤满了密密麻麻的建筑物，商店、机关、学校、邮政所、医院、照相馆、俱乐部、球场、食堂等满足不同层面生活需求的场所应有尽有。大牙湾煤矿在白天和夜晚呈现出两副不同的面孔：夜幕中的大牙湾煤矿灯火辉煌，与繁华、喧嚣的城市极为相似："密集而璀璨的灯火撒满了这个山湾，从沟底一直漫上山顶。各种陌生而杂乱的声响从四面八方传来"；日光下的大牙湾却是一个令人失望的地方："有的只是黑色的煤，灰色的建筑；听到的只是各种机械发出的粗野而嘶哑的声音。房屋染着烟灰，树叶蒙着煤尘，连沟道里的小河水也是黑的……"①

粗犷、杂乱、单调的矿区景观，在不同生活背景的矿工眼中呈现出不同的面貌：对于来自黄原城县乡的地方官员子弟来说，大牙湾煤矿又脏又黑且生活艰苦；对于孙少平这个来自黄原城的揽工汉来说，大牙湾煤矿是一个"能创造巨大财富的地方，一个令人振奋的生活大舞台"，雄伟的选煤楼、飞转的天轮以及山一样的煤堆赋予了大牙湾这处人造空间独特的气势。与在黄原城中居无定所的揽工生活相比，大牙湾为孙少平提供了一份有体制保障的工作。孙少平成为大牙湾煤矿的一员，意味着其实现了从农民到工人的身份转变。孙少平终于从黄原城中的揽工汉，变成了一个有着稳定工作、稳定住所以及稳定收入的煤矿工人。

有着山区县城规模的大牙湾煤矿，在空间划分上有着极为明显的界线，整个矿区被分成了家属区、黑户区、采掘区、文化娱乐区等承担着不同功能的空间。路遥通过对在矿区不同空间中生活和工作的煤矿干部、工人以及黑户的书写，为我们塑造了一个有着丰富层次的煤矿景观。

（一）居住空间

在大牙湾煤矿工作、生活的人们因为身份的不同分布于不同的居住空间之中：像孙少平这样单身的煤矿工人被安置在矿工宿舍中；煤矿里的干部和双职工居住在家属区的家属楼中；而大部分有家庭的矿工因为其家属是"黑户"，只能在矿区周围的山圪崂、沟渠中搭建窝棚或是戳几孔小窑洞居住。他们在矿区周围建起了一片又一片的"黑户区"。在这个由宿舍、

---

① 路遥. 平凡的世界：第三部 [M]. 北京：北京十月文艺出版社，2012：13.

家属楼与黑户区共同构成的居住空间中，不同居住区居民的身份、地位有着明显的差别。可以说，普遍存在于铜城二十多个矿区的黑户区与家属区的并置，是我国特定时期城乡二元的户籍管理制度在地理空间上的投影。宿舍、黑户区、家属区这三个并置的居住空间昭示着煤矿这一生产空间中极为鲜明的阶层属性。

孙少平这样的单身矿工住的十人一间的窑洞与他在黄原城揽工时住的窑洞相差无几：窑洞所在院子的砖墙是残破的，窑洞也是破旧的，并且空无一物，连他们睡觉用的床板都是现背过来的。不仅如此，窑洞的内部还相当肮脏，"地上铺着常年积下的尘土；墙壁被烟熏成了黑色，上面还糊着鼻涕之类不堪入目的脏物"①。与脏乱的宿舍相比，黑户区的房子要整洁很多，但是其内部空间却十分逼仄——黑户区的房子是袖珍型的，十分低矮，只有一人多高。这样的住宿条件甚至还比不上双水村的绝大多数窑洞。与脏乱的宿舍以及低矮的黑户区相比，双职工和干部居住的家属楼在硬件设施及环境方面是十分优越的：在喧嚣的矿区空间中，家属区相对来说是宁静的。与黑户区在山圪、沟渠中随意搭建的一片片的杂乱的窝棚或小窑洞不同，家属区一幢幢排列得错落有致的四层楼房是经过规划设计的现代建筑。在家属楼这样的现代建筑里陈设的是表征现代文明的电视机、沙发等器物，其代表着一种与现代城市文明相关联的生活方式。

（二）地下空间

大牙湾煤矿的地下空间是一个由各种生产设备、矿工以及煤炭共同构成的生产空间。路遥通过对孙少平工作场景的书写，为我们呈现了一个充满着紧张、惊险气氛的黑暗的地下空间。

从地上空间进入井下工作的掌子面，需要先后经过井口、罐笼、大巷道、拐巷、绞车坡、坑道，在这个过程中孙少平们从一个开放的空间进入了一个逐渐缩小的密闭空间。在罐笼坠向地层深处的过程中，"所有

---

① 路遥. 平凡的世界：第三部［M］. 北京：北京十月文艺出版社，2012：11.

的人都紧紧抓着铁栏杆"，罐笼里只剩下"紧张的喘气声和凹凸不平的井壁上哗哗的淌水声"；井下大巷道的地上尽是污水泥浆，并且空气里弥漫着一股屎尿的臭味；没有灯光的拐巷，寂静、黑暗像"远离人世间的另一个世界"；人在其中已经不能直立的坑道是一个"摇摇欲坠"的空间，"各种钢梁铁柱横七竖八支撑着煤壁顶棚，不时有沙沙的岩土煤渣从头顶漏下来"；刚放完头茬炮的掌子面上，是一副紧张、惊险的劳动场景："煤溜子隆隆地转动着。斧子工正在挂梁，撅煤工紧张地抱着一百多斤的钢梁铁柱，抱着荆笆和搪采棍，几乎拼命般地操作。"顶梁上哗哗往下掉落的矸石以及四面八方传来的钢梁铁柱被大地压得吱吱嚓嚓的声响，都在强调着这一生产空间的危险性。

可以说从铁罐到掌子面的每一个井下空间，都给矿工的身体和精神造成强烈的压迫，危险、紧张的工作空间使第一次下井的矿工们"连气也透不过来"。正如路遥在小说中所说，矿工"不是弱者的职业"。在这个深入地下的充满危险的密闭空间中劳作的都是"吃钢咬铁的男子汉"！只有具备吃苦耐劳和勇敢无畏的牺牲精神的人，才能够适应这个地下空间。王世才这个老煤矿工人经过多年的井下劳作，在相貌上极具特点：他的面部呈现出一种缺乏日晒的那种没有血色的白；高大的身材轮廓却因为常年下井而背驼得很厉害；他嘴里镶的两颗假牙也是煤矿留给他的纪念。路遥在小说中通过两起惨烈的生产事故，直接揭示了矿区生活的残酷性。在第一场生产事故中，已经当了近二十年矿工的王世才为了保护自己的徒弟安锁子，被煤溜子上的一根钢梁穿透了脊背，当场死亡。在第二场生产事故中，孙少平毁容。王世才的死亡事件并没有在大牙湾这一有着上万煤矿工人的矿区造成太大的影响，对于煤矿来说，死人是常有的事情。矿区的生产和生活节奏不会因为一个普通矿工的非正常死亡而产生停顿。正如路遥在小说中所写的："当医院后边的山坡上又堆起一座新坟的时候，大牙湾的一切依然在轰隆隆地进行。煤溜子滚滚不息地转动，运煤车喧吼着驶向远方；夜晚，一片片灯火照样灿若星汉……"①矿区的坟地作为死亡的象征一直在警醒着大牙湾煤矿的上万名矿工，他们其实一直处于危机四伏的生活空间中，矿区因生产事故引发的悲欢离合的故事一直在上演。

大牙湾煤矿这一空间除了有着明显阶层差异的居住空间以及紧张、残酷的生产空间外，还是一处充满着脉脉温情的生活空间。孙少平与生活在黑户区的王世才一家有爱的互动淡化了矿区生活冷峻、残酷的一面，使之富有人情味。王世才、惠英夫妇二人待人热情、善良，明明天真可爱，他们一家人幸福、温暖的家庭生活，让孙少平漂泊的心灵找到了归属感。王世才夫妻对孙少平的真诚关怀，让他感受到了矿区生活美好的一面。在王世才因生产事故去世后，孙少平自然而然地对这个不幸的家庭负起了责任。他自觉地承担起照顾惠英和明明的生活的责任，重新唤起了孤儿寡母生活的希望。孙少平在大牙湾煤矿开始了一种新的生活。他在承担起爱护这个家庭的责任的同时，也在这个家庭温馨的气氛中得到了精神上的放松。可以说，大牙湾煤矿满足了孙少平的需求：这里既有乡村式的温情，又有体制的保障，可以让他在精神上保持与故乡的亲近，又可以免除他在城市漂泊、流浪的痛苦。

第四节　省城景观

在小说《你怎么也想不到》中，路遥为我们呈现的省城空间主要有以下两类：一类是街道、校园、郊外、剧院、电影院等公共空间；一类是省委家属院、省军区、《北方》编辑部等机关单位人员工作和生活的空间。

---

① 路遥. 平凡的世界：第三部 [M]. 北京：北京十月文艺出版社，2012：131.

在小说中，第一类公共空间经由对郑小芳、薛峰二人的日常生活的书写来呈现，而如何书写并呈现校园、街道、郊外等公共空间以外的城市空间是路遥在布局小说结构时必须要解决的问题。

郑小芳、薛峰这两个在省城求学的农家大学生，他们日常生活的范围被局限在了校园、街道、剧院、电影院、饭店等公共空间中。作为省城的"外来户"，他们无法与城市的日常生活产生深入的联结，也就无法"步入"城市居民的日常生活、工作空间。小说人物活动空间的局限性也限制了小说对城市空间的书写，而路遥在小说中设置岳志明、贺敏这两个人物就显得尤为必要。路遥在小说中对岳志明、贺敏这两个土生土长的城里人的日常活动空间的书写，极为有效地补充了郑小芳、薛峰探索的城市空间的空白。岳志明与贺敏为薛峰打开了"另外一个世界"的大门。在这个他之前从未涉足过的"新"世界里，薛峰结识了岳志明那个圈子里的许多非凡的人物，这些人要么出身显贵，要么才华惊人。薛峰这个"班上是没人和我交朋友的"省师范大学中文系大学生，变成了"圈子"的一员。借由薛峰与圈子成员的来往，路遥为我们呈现了省城空间中诸如省委大院这样的政治景观以及机关家属院等私人空间。

一、郊外的"老地方"

由于小说中的主人公郑小芳与薛峰已经经历了将近四年的省城生活，所以路遥在这部小说中并没有像在《人生》《平凡的世界》等小说中那样描述城市空间中的各种景观为小说主人公——乡村青年带来的新鲜感以及视觉冲击，而是侧重于书写小说人物在常态化的城市空间中的生活状态。在以小说人物在城市中的日常生活状态为写作重心的文本中，人物对日常活动空间的选择透露出了其所追求的生活方式，而生活方式背后又蕴涵着人物的生活追求或者说是生活理念。譬如郑小芳、薛峰这对恋人在约会时并没有像大多数城市中的情侣一样去逛商场、看电影或者轧马路，他们约会的"老地方"是位于郊外的一处农田；薛峰工作后，除了在编辑部上班之外，其业余活动都发生在人民剧院、电影院、省剧协、省艺术馆以及举办舞会的私人住所或是西华饭店等空间中。他们对学习、工作之外的活动空间的选择蕴涵着其对生活的追求，而这种追求本身也可以通过分析其所身处的空间来加以解读。

校园生活时期，薛峰与郑小芳约会的"老地方"就是一处"有意味"的空间。首先，"老地方"与热闹繁华的城市人造空间相比，更加接近自然。路遥在小说中对其有着如下的描述：

> 在水渠边的小白杨丛中，薛峰把汽水、啤酒和一些点心放在随身带来的一块小塑料布上，我们就像过去那样紧挨着坐在一起。树和茂密的芦苇把我们和外面的世界隔开。这里已经远离喧闹的城市，四周静悄悄的。首先照例是无言的亲热。这一刻几乎世界上的一切都被忘得一干二净，只有我们温柔的感情在心灵中静静地流淌。①

首先，"老地方"与公园等人员众多的公共空间相比更加私密，是一个专属于他们二人的静谧的空间。其次，"老地方"是他们大学四年生活中经常去的一处空间："这地方我们去过不知多少次。我们在这里看着麦苗泛青，发旺，发黄；然后又看着麦子被收割，套种的玉米又长起来，吐出红缨，怀上棒子。我们在这里说过甜蜜蜜的悄悄话，并且也偷偷地亲吻过……"②一次又一次出现在"老地方"的重复的行为，赋予了"老地方"这一空间独特的价值："老地方"是他们二人的爱情"圣地"。而这处"圣地"远离热闹繁华的市区，也不同于南郊公园，"老地方"是一处与故乡相关联的乡土空间。可以说，"老地方"是郑小芳与薛峰在省城这一城市空间中发现的最接近乡村空间的地方，也是最像家乡的地方。

---

① 路遥. 你怎么也想不到［M］// 路遥. 姐姐的爱情. 北京：中国青年出版社，1985：246-247.

② 路遥. 你怎么也想不到［M］// 路遥. 姐姐的爱情. 北京：中国青年出版社，1985：245-246.

二、省委大院

薛峰在成为岳志明的朋友、进入岳志明所在的圈子后，其对城市空间的体验就从校园、街道、公园等公共空间拓展到了省委家属院、省军区等政治景观中。路遥在小说中通过薛峰这个省委大院参观者的视角，呈现了省委大院这一政治景观。首先，路遥在小说中书写了通往省委的街道："来到通向省委的那条宽阔的大道后，行人稀少了。只有中心道上穿梭着一些拉起窗帘的小汽车，像箭一般地飞驰而过。两边的法国梧桐辐射出浓密的枝叶，给街面铺下了很宽的荫凉；头顶上赤日炎炎的蓝天只留了带子般的一条。"①这条行人稀少的宽阔大道，与东门滩自由市场街道上的人海形成了鲜明的对比。这条大道在功能上更像是省委这个政治景观的专属通道。不仅如此，省委大院这个典型人造空间还有着明显的、醒目的边界——非凡的大门，而且大门口还有站岗的军人。大门及连接大门的围墙，对在其内部工作或生活的人来说起到了隔绝和保护的作用。有军人站岗的大门，对于薛峰这个外在于省委大院的"他者"来说，则带有明显的威慑作用。

　　已经到省委家属院的大门口了。我把自行车在对面马路上的存车处存好，就向那个已经进去过几回的非凡的大门口走去。

　　站岗的军人立刻用警惕的目光盯住了我。我虽然跟岳志明来过几回，但军人不会记住我。我的脚步有些慌乱，心怦怦直跳，几乎像一个作案的歹徒一样。

　　"干什么？"军人威严地喝问了一声，就向我走来。②（着重号为笔者所加）

---

① 路遥. 你怎么也想不到［M］// 路遥. 姐姐的爱情. 北京：中国青年出版社，1985：262.

② 路遥. 你怎么也想不到［M］// 路遥. 姐姐的爱情. 北京：中国青年出版社，1985：263.

薛峰穿过马路走向省委家属院大门口的路上慌乱的脚步以及怦怦直跳的心脏，十分形象地说明了省委大院这个拥有修建良好、管理完善的边界/大门的政治景观对政治身份的重视与强调。平时薛峰在路过省委大院大门时，"甚至都不敢用眼睛往里瞧一瞧"。美国学者约翰·布林克霍夫·杰克逊在《发现乡土景观》一书中指出："边界可以稳固社会关系。它区分了居民与流浪汉、邻居与陌生人、陌生人与敌人。"①薛峰与大学同学岳志明之间在身份上的差别，可以说就是由省委大院大门这个客观存在的边界来划分的。省委大院这一政治景观给薛峰带来的威压感在岳志明这个省委组织部部长之子面前荡然无存。岳志明作为在边界（大门）内部生活的人，不仅能够自由出入省委大院而且还能享受很多"特权"。②这些"特权"都是由岳志明的原生家庭决定的，毕竟他的父亲是省委组织部部长，母亲是省教育局分配办公室的主任。

路遥在小说中对岳志明在省委家属院的私人居住空间做了十分精炼的书写，寥寥数笔就写尽了其物质上的富足："新式的沙发床，小酒柜，十四英寸彩色电视机和一个四喇叭的录音机。墙上贴着电影演员刘晓庆和陈冲的大幅彩色照片。"③岳志明的居住空间与郑小芳在沙漠农场的居住空间（墙壁是砖砌的，但房顶却是用沙柳捆子棚起来的。墙角挂着蜘蛛网；炕席上落着一层尘土）形成了鲜明的对比。简而言之，省委大院的大门作为

① 〔美〕约翰·布林克霍夫·杰克逊. 发现乡土景观［M］. 俞孔坚，等译. 北京：商务印书馆，2016：28.

② 路遥在小说中写道："我（指薛峰）跟他（指岳志明）坐着他父亲的小车，看过外国交响乐团那些令人陶醉的辉煌的演奏，欣赏过北京和上海来的芭蕾舞团激动人心的表演。这些高级的演出通常很难买到票，而我们连票也不要买，还能坐在最好的位置上。"在他们"合作"了一首诗后，岳志明也不用走正常的投稿程序，而是直接把诗稿交给了他的熟人——省报管文艺的副总编。不仅如此，在毕业分配时，岳志明的一句话就解决了薛峰的难题，薛峰如愿以偿地进入《北方》杂志社成为一名编辑，从而不用回到贫瘠荒凉的家乡当一名中学教师。

③ 路遥. 你怎么也想不到［M］// 路遥. 姐姐的爱情. 北京：中国青年出版社，1985：265.

政治景观中有形的边界，不仅分隔出了薛峰与岳志明这两位省师范大学中文系学生之间不同的社会身份，而且也划分出了一条无形的界线，这个界线区分了郑小芳与岳志明这两个处于不同社会阶层的知识分子在城乡社会生活中所处的不同位置。他们二人在衣食住行方面的差异，在很大程度上就是由这有形或无形的边界所分隔开来的。

三、现代生活空间

经由岳志明的介绍，薛峰与城市姑娘贺敏交往。薛峰、贺敏约会的地方与薛峰和郑小芳恋爱时约会的"老地方"有着极为明显的不同。在贺敏这个"各方面都'现代化'了的姑娘"的带领下，他们听音乐会，看非公开的现代派画展，去人民剧院看国家并没有进口的电影《甘地传》，去和平电影院看香港地区的电影《三笑》，去游泳，去公园和孩子们一起挤着坐转椅……更多的时间是在贺敏的宿舍里听西方那些古怪的音乐。可以说，薛峰与贺敏在一起时他们二人的恋爱生活与表征现代都市文明的现代艺术"纠缠"在了一起。尽管薛峰在面对那些他"看不懂"或欣赏不了的现代艺术作品时，意识到了贺敏带他体验的这些所谓的"高级"的生活中埋伏的危机，却依然无法抵御这种生活对他造成的诱惑。首先，与贺敏这个时髦姑娘交往满足了薛峰的虚荣心。与贺敏一同走在城市的街道上，薛峰总能收获许多羡慕的目光。其次，与贺敏在一起时，薛峰也能享受到一些普通人没有的"特权"，并由此感受到某种地位和身份。在国家没有进口《甘地传》这部电影的情况下，省城的人民剧院会放映一场《甘地传》，电影票无疑成了一种极少数人能够获得的稀缺资源。这极少数能获得观影机会的人，"有的一看就是领导干部身份的人，但大部分看来都是领导干部的子女——一般都成双成对"。也就是说，薛峰能够观看《甘地传》，完全是贺敏的功劳。薛峰如果不与贺敏交往，他也会是电影院门后等待"钓鱼"的黑压压的人群中的一员。

薛峰还在省军区一个副政委的儿子的带领下，"观看"了一场在省军区家属楼里举行的家庭舞会。

> 一群像我这么大的青年男女，正随着弹棉花似的音乐声，兴
> 致勃勃地跳着。一个个都累得满头大汗，大张着嘴喘气，有的人
> 热得只穿个小背心，浑身上下大汗淋漓。……

> 在我看来，舞姿疯狂而有点放浪。男男女女屁股扭来扭去地
> 乱窜，把好生生一个人弄成鼠头鼠脑的样子。[①]

在小说中，迪斯科这种类型的音乐开发出了家庭舞会这一社会活动的空间，参加舞会的青年男女在这个音乐和跳舞的空间内形成了同一性的群体。这个群体的人因为迪斯科而在短暂的时间内聚集在一起，为我们呈现出了一个全新的声音景观。[②]而薛峰对于迪斯科的评价几乎全是负面的、消极的，他认为这些青年男女是在"活受罪"，面对"疯狂而有点放浪"的舞姿，薛峰"不好意思看下去，并且非常后悔来这里"。薛峰与这个跳舞和听音乐的空间并没有产生情感上的共鸣，他非但无法融入这个因迪斯科而形成的"新部落"，而且还遭受到了强烈的精神冲击——贺敏正在与一个男的在阳台上跳迪斯科！"眼前一片混浊，也不知道此刻在哪一条街道上，更不知道向哪里走"的薛峰，在初次面对迪斯科舞会时产生了类似于小说《平凡的世界》中孙少平、孙少安兄弟第一次进入黄原城时的眩晕感。在路遥的小说中，陌生的空间给初次进入其中的人物造成的视觉冲击/精神冲击是路遥在呈现不同城市空间时惯用的一种写作方法。从薛峰这个知识青年在省城景观中的遭际来看，他与城市青年文化中青年人共同归属的空间之间仍然存在着隔膜。

---

① 路遥. 你怎么也想不到［M］// 路遥. 姐姐的爱情. 北京：中国青年出版社，1985：340-341.

② 对于声音景观的概念界定，参见〔英〕迈克·克朗. 文化地理学［M］. 杨淑华，宋慧敏，译. 南京：南京大学出版社，2005：113-118.

第三章

城乡景观中的人

上文对路遥在其小说文本中塑造的乡土景观和城市景观中蕴涵的风土人情、文化传统以及长久以来生活在其中的人们所秉持的生活方式等进行了解读。在此基础上对在城乡景观中生存活动的农民、乡村知识青年、女性等几种比较重要的人物形象进行解读。路遥小说中的人物并非在单一的乡土空间或城市空间中生活，而是处于在城乡不同空间中往返流动的状态。人物在城乡空间景观中的流动，不仅对其个体的生活道路产生了影响，还广泛影响着与之相关的其他人物的生活。

《人生》中的高加林从高家村这一乡土空间进入县城这一城市空间后，乡村姑娘刘巧珍的情感生活就与县城有了隐秘的关联，刘巧珍因与高加林的恋人关系而被扯进了与城市女孩黄亚萍的情感竞技场中。正是因为高加林在城乡之间的流动——高中毕业后由城返乡，成为通讯员后由乡进城，被揭发"走后门"后再次回乡，刘巧珍的生活轨迹才会充满波折。高加林高考落榜回到高家村成为农民后，刘巧珍才敢对他表明自己的心迹，两人才能成为恋人；高加林进城成为通讯员后，作为乡村象征的刘巧珍被无情地抛弃，进而与农民马栓结婚。也就是说，如果高加林顺利考上大学，刘巧珍就不会与其产生感情上的纠葛；如果成为农民的高加林没有"走后门"成为县通讯干事，刘巧珍会与高加林组建家庭，在高家村过着平淡却幸福的生活。这些对刘巧珍人生轨迹的假设，因为高加林在城乡之间的流动而没有了将之变成现实的可能。

在小说《人生》中，路遥讲述了特定年代的城乡关系对小说人物尤其是青年农民的身份地位、人生道路以及情感生活的影响。在小说《平凡的世界》中，城乡空间景观之间的关系表现在其经济上的互动、文化上的冲突以及由此产生的城市对乡村及乡村青年的接纳与排斥等方面。具体来看，以双水村为代表的乡土空间，在农村经济改革后在经济上与城市空间产生了更为深入的互动。双水村的"能人"们在改革后创办的砖厂，养殖的奶羊、奶牛、蜜蜂、淡水鱼等，种植的树苗，都与城市的建设以及城里人的生活密切相关，他们在乡村的创业和农副业的经营都是以城市作为生产和消费的对象的。不仅如此，在乡土空间长大成人的农民还直接参与了城市的建设，小说中黄原城东关大桥头人力市场上成百上千的揽工汉是由孙少平这样的农民组成的。当孙少平带着其在乡村文化空间中养成的价值观念进入城市后，面对包工头对乡村少女的暴行必然会伸出援手。当孙少平在城市空间再次见到有着堕落迹象的小翠后，他已经意识到其面对城市资本的失败，孙少平离开黄原城去大牙湾煤矿，与其说是奔向新的生活，不如说是对充满着罪恶的城市的逃离。此外，改革开放后高考制度的恢复为乡村精英提供了一个进入城市的通道，双水村的孙兰香、金秀就通过高考获得了接受高等教育的机会。也就是说，在改革开放的时代背景下，因党和国家对经济建设的强调以及户籍制度的松动、高考制度的恢复等各种因素的共同作用，曾经紧闭的城门已经逐渐对乡村敞开，虽然农民与工人、知识分子以及国家干部在身份地位、社会福利等各个方面依然有着巨大的差距，但是在乡土空间中生活的农民终于有了发家致富以及实现阶层跃升的机会。

简而言之，路遥以20世纪70年代末到20世纪80年代初的社会转型期为背景创作的《人生》《平凡的世界》等小说中，乡土空间景观中人物的生活已经与城市息息相关，小说人物在城乡不同空间中的流动对城乡社会的发展以及相关人物的生活道路、性格特征和价值观念等多方面都产生了深刻的影响。因此，在分析路遥小说中城乡景观中的人物形象之前，有必要对其小说中的"城乡流动"进行研究。

第一节　小说人物的"城乡流动"

研究路遥小说中的"城乡流动"，必然要涉及社会学领域的相关概念，比如社会结构、社会流动。现从本书写作的实际需要出发，对社会结构、社会流动的含义进行简要的说明。社会结构是指在整体社会阶层之间的关系。路遥小说主要反映了20世纪60年代到80年代这一时间范围内的城乡社会生活面貌，这一时期的社会结构的主要特征是城乡隔离的二元结构以及农村改革后城乡二元结构的松动。社会流动是研究社会结构的一个重要概念。社会流动是指"社会成员在不同的地域、不同的职业和不同的社会地位上的变动"①。社会成员的社会流动，不仅可以改变个人的社会地位，而且有助于社会成员之间建立平等的关系，打破阶层之间的壁垒。

分析路遥小说中的社会结构主要是为了借此分析路遥小说中的城乡关系格局以及与之相关联的社会流动。社会流动在某种程度上还会引起社会结构的变化，如"民工潮"这种无数个人参与的社会流动，导致了整个社会结构的转型与变迁。可以说，绝大多数社会成员流动的方向，直接反映了社会变迁的趋势。路遥小说中的社会流动，从流动人员的身份上来划

---

① 刘应杰.中国城乡关系与中国农民工人［M］.北京：中国社会科学出版社，2000：34.

分，主要包括城市知青的流动、农民的流动两种类型。这里涉及"农民"的概念的问题。本书中的农民，主要是指农村劳动者，即身份概念上的农民，其主要特征是拥有农村户口。因此路遥小说中的乡村干部、乡村知识青年都包括在农民这个概念当中。

一、小说人物"城乡流动"状貌

下表是对路遥小说中人物"城乡流动"状况的简单梳理。

路遥小说中人物"城乡流动"简表

小说	人物	流动方向	流动方式
《夏》	杨启迪等	城→乡	"上山下乡"
《青松与小花》	吴月琴	省城→乡→北京	"上山下乡"、考上大学
《姐姐》	高立民	省城→乡→北京	"上山下乡"、考上大学
《黄叶在秋风中飘落》	刘丽英	乡→县城→乡	离婚后嫁到城里、与教育局副局长离婚后回乡
《月夜静悄悄》	兰兰	乡→城	嫁给地区商业局长的儿子
《风雪腊梅》	冯玉琴	乡→城→乡	地区招待所服务员、辞职回乡
	康庄	乡→城	地区粮油公司炊事员
《在困难的日子里》	马建强	乡→县→城	考上高中
《痛苦》	高大年	乡→北京	考上大学
	小丽	乡→省城	考上大学
《我和五叔的六次相遇》	五叔	乡→城	自发进城（包工、倒贩粮票、跑小生意）
	"我"	乡→城	考上大学、成为记者
《你怎么也想不到》	薛峰	乡→城	考上大学、留城工作
	郑小芳	乡→城→乡	考上大学、毕业后返乡

续表

小说	人物	流动方向	流动方式
《人生》	高加林	乡→城→乡	招工进城、被辞退回乡
《平凡的世界》	王满银	乡→城→乡	"盲流"、进城做小生意
	田润叶	乡→城	考上大学
	田润生	乡→城	成为汽车司机/工人
	金波	乡→城	当兵/顶班成为工人
	孙少平	乡→城→矿区	揽工汉、煤矿工人
	孙兰香	乡→城	考上大学
	金秀	乡→城	考上大学

从上表中可以看出，除了少数人物外，路遥小说中人物的流动方向大都是"乡→城"的。具体来看，这又包含两种情况：第一种是城市出身的插队知青的回城；第二种是农民进城。路遥小说中的社会流动以农民流动为主，对插队知青回城的书写仅存在于《夏》《姐姐》《青松与小花》等几篇早期小说当中。因此本节的论述以路遥小说中的农民流动，尤其是农村青年的社会流动为主要内容。由于路遥小说中的农民流动还处于少数的、个别的流动阶段，并没有形成巨大的"社会合力"，他们的流动主要还是对个人的生活产生影响。下面就从路遥小说中人物进城的途径以及进城的最终结局来分析路遥小说中的农民流动。

二、农民流动及其途径与结局

路遥小说中进城的农民，从身份上来看有以下几类：第一类是学生，比如《在困难的日子里》的马建强，《痛苦》中的高大年、小丽，《你怎么也想不到》中的薛峰、郑小芳，以及《平凡的世界》中的孙兰香、金秀。除了马建强以外，他们都是通过高考、以大学生的身份进入城市的。

第二类是乡村落榜青年，如《月夜静悄悄》中的兰兰，《风雪腊梅》中的冯玉琴、康庄，《人生》中的高加林，《平凡的世界》中的孙少平、金波、田润生。第三类则是乡村中的农民，如《我与五叔的六次相遇》中的五叔（张志高），《黄叶在秋风中飘落》中的刘丽英，《平凡的世界》中的王满银。

从进城方式上来看，主要有升学、招工、婚姻以及自谋职业这几种。高大年、小丽（《痛苦》），薛峰、郑小芳（《你怎么也想不到》），孙兰香、金秀、田润叶（《平凡的世界》）以及《我与五叔的六次相遇》中的"我"，是通过升学（考上大学）的方式进入城市的，这也是被国家认可的一种形式；冯玉琴、康庄（《风雪腊梅》），高加林（《人生》），孙少平、田润生、金波（《平凡的世界》）等乡村落榜青年，则是通过招工的形式进入城市。孙少平先是以揽工汉的身份进入城市，属于城市体制外的自谋职业者，后来在田晓霞的帮助下，以招工的方式进入大牙湾煤矿这个非城非乡的特殊地区；高考落榜青年兰兰（《月夜静悄悄》）以及普通乡村妇女刘丽英（《黄叶在秋风中飘落》）则是通过婚姻的途径进入城市。兰兰在她父亲——大队书记高明楼的安排下，与地区商业局长的儿子结婚，不但有了正式的工作，而且获得了城市户口。长相漂亮的刘丽英作为高庙小学教师高广厚的妻子，在结识了丧妻的县教育局副局长卢若华后，果断与高广厚离婚并嫁给了卢若华。通过第二次婚姻，刘丽英不但过上了体面、富裕的生活，而且有了正式的工作，成为幼儿园的老师。还有一种进城方式就是五叔（《我与五叔的六次相遇》）、王满银（《平凡的世界》）这种"盲流"式的进城。五叔在农村改革后，不能安心在农村种庄稼，他在进城包工和跑小生意失败后，到省城倒卖粮票，被抓到了看守所。可以说，五叔的进城，并没有给他带来物质上的满足，他在城市中的奔波只是徒劳。"逛鬼"王满银则是在人民公社时期就带着介绍信在外面流浪，他在外多年并没有为贫困的家庭带来生活上的改善，反而是过早衰老。

　　招工这种途径往往与城市或乡村中的特殊权力阶层的利益紧密相连。路遥小说《风雪腊梅》中高中生冯玉琴之所以能去地区招待所做服务员，正是因为招待所的吴所长看中了其姣好的容貌，想让冯玉琴嫁入她家做儿媳妇。为了达成这一目的，吴所长不仅以合同工到期能否转正作为要挟，而且还把冯玉琴的恋人康庄调到地区粮油公司做炊事员，以此作为康庄与冯玉琴分手的条件。路遥小说《平凡的世界》中，孙少平之所以能去大牙湾煤矿当工人，也离不开阳沟大队曹书记的帮助。孙少平在曹书记家做揽工汉时，就受到了他们夫妇二人的青睐，并暗中把他当成了女婿的理想人选。为此，曹书记帮助孙少平把户口从双水村迁出，落户到了黄原市郊阳沟村。曹书记在得知煤矿招工的信息后，又主动联系孙少平。而田晓霞又利用自己身份上的便利（其父田福军为黄原市地委书记）为孙少平办好了去煤矿的手续。可以说，正是这种种机缘巧合，使得孙少平几乎不费吹灰之力就获得了摆脱农民身份的机会。虽然路遥在叙事的过程中刻意地把孙少平摆在了一个置身事外的位置，但是孙少平在体检时因血压过高而面临被遣退的风险时，其内心的焦虑以及"贿赂"体检医生的行径仍然暴露了其内心隐秘的渴望。可以说，孙少平从离开双水村踏入黄原城起，其摆脱农民身份的决心就彰显无疑，与城市中身份处境尴尬的揽工汉相比，煤矿工人的身份在"合法性"这一层面而言无疑具有显而易见的优势。

　　通过参加高考获得接受高等教育的机会对于大对数普通农家子弟而言，其难度也是十分巨大的。纵观路遥的小说，参加高考并被大学录取的人物主要有以下几种：一是插队知青，这些知青特别是省城的知青在"上山下乡"之前就在城市中接受了良好的教育，国家在恢复高考制度后，基本上都能考入大学。如《青松与小花》中的吴月琴、《姐姐》中的高立民。二是《平凡的世界》中田晓霞、顾养民这样的城市青年，他们是孙少平、郝红梅这些乡村青年的同学，同样高考落榜，但是他们自身优越的生活环境为他们的复读创造了条件，凭借着个体的天赋与勤奋最终考入大学。三是《平凡的世界》中的孙兰香、金秀以及《你怎么也想不到》中的郑小芳、薛峰这样的乡村青年，他们在读书的过程中家庭的经济压力相对较小，顺利完成了中学阶段的学习并且成功地闯过了高考的独木桥。在路遥小说中，除了上文列举到的少数幸运儿外，其笔下的绝大多数主人公则是《人生》中的高加林、《平凡的世界》中的孙少平、《痛苦》中的高大年、《姐姐》中的姐姐这样的高考落榜生。

从进城的最终结局来看，以升学的途径进城的最终都能留在城市，或者成为"公家人"，进入"商品粮"的世界。比如薛峰、郑小芳（《你怎么也想不到》），田润叶（《平凡的世界》）。薛峰在毕业后，进入一家杂志社成为编辑。郑小芳虽然拒绝了留校任教的工作回到家乡，但也是当地林业局的干部。田润叶则是在师范学院毕业后，成为县城里的一名教师，后来又在同学的帮助下把工作调到了政府单位，成为一名国家干部。以招工的方式进城的农村青年，则面临被辞退继而回乡的困境，最典型的例子就是《人生》中的高加林。高加林在马占胜的帮助下，以招工的方式进入县城，成为一名通讯员。当高加林"走后门"的事情被举报了后，完全能够胜任记者工作的高加林则被辞退。高加林在丢掉工作、丢掉城市户口后，又变成了农民。《平凡的世界》中的金波，在被部队开除回到农村后，在他父亲的帮助下成了县邮政局的临时工，随时面临着被辞退的风险，最后他的父亲不得不提前退休，让金波通过"顶班"的方式转正获得工人身份。小说《风雪腊梅》中的冯玉琴则是在拒绝了招待所所长让她做其儿媳妇的要求后，主动辞去了服务员的工作，回到了农村。通过婚姻的途径进城的乡村女性，同样面临着回乡的风险。《黄叶在秋风中飘落》中的刘丽英最终与第二任丈夫——县教育局副局长卢若华离婚，在离婚后她主动辞去了幼儿园的工作，回到了农村。就小说中路遥对卢若华的描写来看，即使刘丽英不主动辞职，她也会被开除。另外，像王满银、五叔这样的农民，最终会因为在城市中走投无路而回到农村，至于他们会不会再次进城，那就是20世纪90年代描写"民工潮"的小说中的故事了。

就路遥小说本身来说，从《人生》到《平凡的世界》，路遥对城乡关系有了更为深刻的理解。《人生》中高加林进入城市，在不触犯城里人利益的前提下，成了县城的"明星"，无论是在体育场打篮球，还是在会场背着相机照相，都出尽了风头。只有在他抢走了城里人张克南妈妈的未来儿媳妇后，他才遭到了城市的"报复"。到了《平凡的世界》中，与孙少平妹妹兰香差不多年纪的乡下姑娘小翠，连在城里工地上当帮厨谋生的艰苦生活，也要付出额外的代价才能获得。小翠被包工头蹂躏而不敢反抗的情况，以及小翠在孙少平伸出援手施救后再次回到工地上的现实，都在不断地强化着乡村的弱势地位。

如果说《人生》中进城当通讯员的高加林与城里人黄亚萍、张克南在某些层面上（如知识层面、人格层面、社会地位方面）还处于一种平等的关系的话，那么在《平凡的世界》中，无论是进城当揽工汉时期的孙少平，还是大牙湾煤矿当工人时期的孙少平，与大学生以及记者/知识分子身份的田晓霞已经处于一种不对等的关系中，且是处于劣势的一方。我们可以从小说《平凡的世界》中孙少平、小翠这两个进城的农村青年身上，看到作者路遥在无意识中对20世纪80年代后期以来的城乡关系的一种隐喻。

在路遥之后的小说创作者，也将《平凡的世界》中孙少平、小翠的故事加以延续、深化，出现了《民工》《泥鳅》《小姐们》《九月还乡》《歇马山庄的两个女人》等书写农村青年进城后的悲惨经历以及由城返乡后的遭际的小说。可以说，我们在路遥小说中感受到的20世纪80年代自信、乐观、昂扬的精神风貌中已经蕴涵着某些让人悲观的因素，而90年代以后的文学则放大了这一悲剧性因素。90年代以来的以农村青年为主人公的小说，几乎都以悲剧性的结局收尾，这也表明了文学创作者对时代的独特体悟中的某些共性的方面，即在小说人物形象的塑造方面，更加强调其对城市生活的迷茫与无所适从。

总的来说，无论是在城乡隔离的20世纪六七十年代，还是在城乡可以自由流动的80年代，路遥小说中的人物不管出生于城市还是农村，都在行动上表现出了惊人的一致性，那就是"离开土地"。离开土地，并不仅仅是离开农村到城市里生活，它包含着更深层的意义，就是与以乡村为代表的农业文明拉开距离。从某种层面上来讲，路遥小说人物的独特性是由其所处时代的独特性造成的。纵观路遥的小说创作，其人物活动的时间处于20世纪60—80年代，这一时间段是国家的基本建设目标由建设社会主义转向实现现代化的阶段。小说人物基本是在山村—县城—省城这三个对应着乡土—城乡交叉地带—城市等不同文化地理空间中流动。可以说，路遥小说人物自发性地由乡土空间到城市空间的社会流动，是人物从边缘到中心、从社会底层进入上层、从农民变成市民、从体力劳动者变成脑力劳动者的尝试，是对既有社会结构的挑战，具有形而上的意义。正如巴尔扎克在他自认为的"风俗研究"中"迄今最为重要的一部著作"《幻灭》里所说："巴黎就像一座蛊惑人的碉堡，所有的外省青年都准备向它进攻……在这些才能、意志和成就的较量中，有着三十年来一代青年的惨史。"①路遥小说也可以视为农村知识青年打破城乡之间种种人为设置的障碍，向城市这座碉堡不断发起攻击的"进城史"，这里面必然饱含着乡村青年在城市中所遭受的屈辱与伤害，以及为了"留城"所付出的巨大代价：《人生》中的高加林为了留在县城不惜出卖自己的良心，抛弃了深爱他的农村姑娘刘巧珍；《风雪腊梅》中的康庄以与女友冯玉琴分手为代价，获得了地区粮油公司炊事员的工作；《黄叶在秋风中飘落》中的刘丽英为了进城，抛弃了自己的丈夫和孩子，嫁给了县教育局的副局长；《平凡的世界》中的孙少平为了改变自己的身份，拒绝了哥哥孙少安合伙办砖厂的提议，在黄原城的工地上当起了背石头的小工，承受着肉体上的巨大痛苦……可以说，路遥敏锐地捕捉到了农村经济改革初期不平等的城乡关系中青年农民的城乡意识，并通过小说人物在爱情、婚姻与职业等方面的选择将其艺术性地呈现了出来。

---

① 傅雷为巴尔扎克《幻灭》所写的译者前言。参见〔法〕巴尔扎克：幻灭［M］.傅雷，译.合肥：安徽文艺出版社，1998：前言.

第二节　乡村中的"能人"

在路遥小说中，被赋予了"能人"称号的农民一般有以下几类：一类是村支书这样的乡村基层领导，如《人生》中的高明楼、《平凡的世界》中的田福堂。一类是具有生意头脑、在经济方面较为富裕的农民，如《人生》中的刘立本，《平凡的世界》中的金俊山、孙少安、田海民。路遥小说中的普通村民大都期望着像高明楼、田福堂那样在乡村政治生活中占据领导地位，或者像刘立本、金俊山、孙少安那样生活富足进而赢得村里人的尊重。既然路遥小说中的"能人"是大多数普通农民在乡村政治、经济、文化生活中的"标杆"，那么他们的价值观念及言语行为在路遥小说众多的农民形象中也就具有一定的典型性与代表性。下面就以这类在乡村生活中处于"能人"位置的农民为例，分析路遥小说中绝大多数农民在价值观念上的特征。

一、高明楼与田福堂

《人生》中高家村的"大能人"高明楼作为高家村的支书，相当于是个脱产干部。他不仅不用下地劳动，在家里"做工作"就能得到全劳力工分，而且队里从钱粮到大大小小的事他都有权管。高明楼家的住宅是一线五孔大石窑，比村里其他人家明显阔得多。凭借他在村里的威望，"二能人"刘立本把女儿巧英嫁给了他的儿子。他用队里的东西在公社、县上巴结干部，让他平庸的儿子三星上了初中，又靠着推荐上了高中。在三星混完高中后，高明楼又凭着他和公社教育专干马占胜的关系，让三星顶了高加林的民办教师位置。《平凡的世界》中双水村的领导人田福堂也是一个高明楼式的"能人"。路遥在小说中对田福堂的"精"

和"能"有着精彩的描写。

> 在石圪节几十个大队领导中,他(指田福堂)无疑是最有名望的。公社不管换多少茬领导,他都能和这些领导人保持一种热火关系。这的确也是一种本事。双水村的人,尽管都或多或少对他有意见,但大部分人又都认为,书记还是只能由这家伙来当。田福堂对自个的利益当然一点也不放弃,但要是村子和村子之间争利益,他就会拼老命为双水村争个你死我活。一般说来,其他队的领导人斗不过田福堂。就是石圪节公社的领导人,只要田福堂出面给双水村办事,一般都要让他满意。因此,多少年来,不管世事怎变化,田福堂在双水村的领导权没变化。就是金家的大部分人,也承认他的权威……①

路遥小说中的高明楼和田福堂这两位在乡村政治生活中的"能人"在面对乡村改革时不约而同地表现出了对家庭联产承包制的抵触,他们不仅在内心里否定着上级下达的包产到户的行政命令,而且用自己的实际行动阻碍、推迟着家庭联产承包责任制的落实。而他们对"集体"的热爱,对"包产到户"的抵制都与其个人利益息息相关。路遥在小说文本中对高明楼、田福堂面对农村改革大潮的复杂心态也做了精准的分析。

> 他(指高明楼)不满意这政策主要是从他自己考虑的。以前全村人在一块,他一天山都不出,整天圪蹴在家里"做工作",一天一个全劳力工分,等于是脱产干部。队里从钱粮到大大小小的事他都有权管。这多年,村里大人娃娃谁不尊他怕他?要是分成一家一户,各过各的光景,谁还再尿他高明楼!他多年来都是指教人的人,一旦失了势,对他来说,那可真不是个味道。更叫他头疼的是,分给他那一份土地也得要他自己种!他就要像其他

---

① 路遥. 平凡的世界:第一部 [M] // 路遥文集:第1卷. 北京:人民文学出版社,
2005:116.

人一样，整天得在土地上劳苦了。他已多年没劳动，一下子怎能受了这份罪？[①]

双水村的领导人田福堂与高家村的高明楼有着相似的心境。田福堂在接到农村普遍实行生产责任制的通知后，召集大队党支部开了一晚上会，并在会上坚决反对搞生产责任制，最终双水村党支部决定双水村不搞生产责任制。但是孙少安领导的第一生产队并没有把大队党支部的决定当一回事，而是要在一队搞生产责任组。田福堂作为一队的成员在正式分组那天"一脸丧气去了饲养室"，并且"一开始就极没修养地和队长孙少安没头没脑混吵了一架，然后甩手走了"。路遥也在小说中深入分析了因"集体的散伙"而在精神上七零八碎的田福堂其内心痛苦、难受的真实原因。

从内心深处说，他难受的不仅是集体被弄散伙了，而最主要的是，集体散伙了，他田福堂怎么办？

是呀，多少年了，他靠集体活得舒心爽气，家业发达。他能不爱集体吗？没有了集体，也就没有了他田福堂的好日子。[②]

路遥在小说《人生》《平凡的世界》等小说中塑造的生活在20世纪70年代末到80年代初的农村改革时期的"能人"形象是具有代表性的。他们作为既往的乡村政治经济体制的既得利益者，在面对人民公社解体、包产到户的改革大潮时，其对新政策抵制、抗拒的心理状态是符合人物的行为逻辑的。路遥对高明楼、田福堂这类乡村政治生活中的"能人"的塑造与书写，也在一定程度上还原了特定历史时期乡村生活的真实面貌。可以说，路遥以文学创作为媒介，为我们提供了一份了解当代乡村政治生活的珍贵画卷。

除此之外，田福堂在面对子女婚恋问题时的行为方式，还体现出了传统婚姻观念在乡村的根深蒂固。田福堂在察觉了女儿田润叶对孙少安的

---

① 路遥. 人生 [M]. 北京：北京十月文艺出版社，2011：87-88.

② 路遥. 平凡的世界：第二部 [M] // 路遥文集：第2卷. 北京：人民文学出版社，2005：49.

心思后，先是感到"又震惊又慌乱"，随即就要坚决制止田润叶的自由恋爱。如果说田福堂因女儿田润叶的自由恋爱而产生的精神危机，随着孙少安与秀莲的结婚而自然地化解了，那么其儿子田润生的婚姻选择则给予田福堂沉重的打击，使这个"当年双水村或者说是整个石圪节一带的风云人物"的身体彻底垮掉了。田福堂之所以在儿女的婚恋问题上备受打击，根本原因在于其秉持的传统婚姻观念受到了现代社会生活中被普遍接受的婚姻自主、恋爱自由的观念的强烈冲击。除此之外，田润生离家出走的举动还挑战了田福堂作为家长的权威。因为对于田福堂这样的人来说，权力是极为重要的。"活着时，权力是最好的精神食粮；死去时，权力也是最好的'安魂曲'。"①

可以说，田润生对自己与郝红梅婚姻的坚持，破坏了田福堂内心的秩序。而田润生的离家出走，也意味着其对家庭的背叛，这无疑对田福堂造成了沉重的打击，瓦解了田福堂的精神世界。田福堂、田润生父子之间的因为田润生的婚姻问题而造成的家庭危机，随着田润生与郝红梅女儿的出生而得到了化解。田福堂终于向现实生活妥协，承认了田润生与郝红梅的婚姻，并且把他们和两个同母异父的孩子都接到了双水村，还为郝红梅争取到了去双水村小学教书的工作。田福堂、田润生父子二人的和解，使得分崩离析的家庭重新恢复了往日的生机。田福堂在儿女婚恋问题上的态度的转变，不仅挽救了其破碎的家庭，而且表明了田福堂内心价值秩序的重建，田福堂不仅与其子田润生达成了和解，更为重要的是他与自己达成了和解。从这个角度来看，田福堂在某种程度上已经开始接受现代社会婚姻自主、恋爱自由的婚恋观念。这也意味着生活在双水村这个陕北偏远山村中的人们，在农村经济改革的春风的吹拂之下，不仅仅是在经济生活上与传统的乡村文明拉开了距离，而且在思想观念上也在慢慢挣脱传统文化观

---

① 路遥. 平凡的世界：第三部［M］// 路遥文集：第3卷. 北京：人民文学出版社，2005：112.

念的樊篱，向现代城市文明靠拢。

二、刘立本

小说《人生》中的"庄稼人兼生意人"刘立本在外貌、穿着打扮上与高家村的普通村民有着明显的区别："立本五十来岁，脸白里透红，皱纹很少，看起来还年轻。他穿一身干净的蓝咔叽衣服，不过是庄稼人的样式；头上戴着白市布瓜壳帽。看起来不太像个农民，至少像是城里机关灶上的炊事员。"他对三个女儿生活道路的安排集中体现出了他作为一个生意人的精明。

他把大女儿刘丽英嫁给了高家村"大能人"高明楼的儿子。刘立本与高明楼结为亲家，颇有权、钱联合的意味。与村支书结亲一是抬高了刘立本在高家村的地位，二是女儿嫁到本村也方便给他们养老。因为像刘立本这样只有三个女儿的家庭，在孩子的婚姻安排上，一般是倾向于招个上门女婿或是像刘立本那样把女儿嫁给同村的人家；对于二女儿刘巧珍的婚事，他是倾向于给她找一个干部或者工人，这样他们家在外面也就有了关系。但是在巧珍拒绝了去她家说媒的干部、工人后，刘立本开始给她找农村的，并且把女婿的人选落实在了家境殷实的农民马栓身上。刘立本的三女儿巧玲，是刘家三个孩子中唯一接受了现代学校教育的青年。路遥在小说中并没有交代巧玲能够读书的原因，但是我们站在生意人刘立本的立场上不难推算出巧玲读书对刘家的益处。巧玲落榜后，刘立本凭借着与高明楼的姻亲关系而使巧玲获得了民办教师这份在农村里为数不多的不需要参加农业生产劳动的工作。

在小说《人生》中，刘立本与巧珍这对父女之间在婚姻观念或者说择偶观上的冲突在农村是具有代表性的。在刘立本看来，马栓是农村青年中合适的女婿人选，"他人诚实，心眼也不死，做买卖很利索，劳动也是村前村后出名的"。马栓可以说是刘立本以他自己为参照在农村中为巧珍寻找到的一个过日子的对象。刘立本从"光景好""懂生意""丈人女婿合伙做买卖，得心应手"等方面来考察和评价未来女婿人选时，高加林那种有着"潇洒的风度、漂亮的体形和那处处都表现出来的大丈夫气质"的知识青年显然并不符合刘立本的要求。在刘立本看来，高加林从县城中学学来的知识，对于从事农业生产的农民来说是不实用的。除此之外，高加林的家庭条件也不符合刘立本对亲家的要求，高家"就知道在土里刨！穷得满窑没一件值钱东西，还想把我女子给你那个寒窑里娶呀！尿泡尿照照你们的影子，看配不配"①！

刘家父女除了在择偶观上存在明显的分歧之外，他们在婚恋方式上也有着激烈的冲突。刘立本作为土生土长的农民是"农村传统道德最坚决的卫道士"。在女儿的婚姻上，他遵守并实践着"父母之命媒妁之言"的古训。其大女儿巧英的婚姻就是在他的操办下完成的。在得到巧珍与高加林自由恋爱的风声后，刘立本不仅"气得鼻子口里三股冒气"，而且还把"败坏了门风"的巧珍"在自家灶火圪崂里打了一顿"。不仅如此，他还气冲冲地去找高加林的父亲高玉德交涉，让高玉、德管教高加林，以免高家村的村风和高家的门风败在高加林的手里。

刘立本的这种关于"体面"的思想在高家村是具有代表性的，即便是高加林的父亲高玉德也有着同样的观念。高玉德把高加林与刘巧珍的自由恋爱看作"偷鸡摸狗"。即使他内心非常满意高加林"偷鸡摸狗"的对象刘巧珍，他也认为应该按照乡俗请个媒人到刘家光明正大地说亲。但是在想到刘巧珍的父亲刘立本后，高玉德几乎是本能地否认了高加林与刘巧珍结婚的可行性："他这个穷家薄业，怎敢高攀人家？别说是他，就是比他光景强的人家，也攀不上刘立本！"②可以说，婚嫁方面"明媒正娶""门当户对"等传统观念深深地盘踞在刘立本、高玉德为代表的普通农民的头脑中，并左右着他们在日常生活中的行为方式进而影响着其子女的婚恋选择。

---

① 路遥.人生［M］.北京：北京十月文艺出版社，2011：77.

② 路遥.人生［M］.北京：北京十月文艺出版社，2011：82.

三、孙少安

　　《平凡的世界》中的孙少安是数以亿计的处于社会底层的普通农民中的一个。他有着农民吃苦耐劳、踏实肯干的精神。尽管他很有学习上的天赋，但因为家庭贫穷，只能辍学回家当起了农民。他并没有因此而颓废，堕落成为"二流子"，而是和苦了一辈子的父亲孙玉厚一起操持家务，支撑起到处都是"窟窿"的家。在人民公社时期，他就凭借着在集体劳动中体现出的悍性被选为生产队长。孙少安成为生产队长后，并没有依靠手中小小的权力为自己贫苦的家庭谋取私利，而是全心全意为生产队付出。《平凡的世界》中的孙少安虽然与刘立本一样，都是乡村经济生活中的"能人"，但是他与刘立本又有着本质上的不同。刘立本通过做些投机倒把的生意，仅仅是改善了自己的经济条件，并没有为高家村整体生活水平的提升做出贡献。而孙少安在努力经营好自己小家庭的生活的同时，仍然没有忘记双水村的父老乡亲，从这一点上来看，孙少安与小说《创业史》中的梁生宝是相似的。

　　小说中有一段孙少安去外地给生产队的牛看病的描写，从叙事上看，这与《创业史》中梁生宝去外省为合作社买稻种的描述是极为相似的。孙少安与梁生宝一样，为了省伙食费都自带干粮，为了省住宿费都不愿住招待所。不仅如此，他们二人都想方设法地改善全队社员的生活。为此，梁生宝带领互助组的成员进山砍竹子做成扫帚卖给供销社，孙少安私自扩大了猪饲料地以便村民能增收一点粮食。为了提高粮食的产量从而增加村民的收入，孙少安和他所在的生产队的队员还私自谋划包产到户的合同。但是，在小说的讲述中，他们二人的行为受到了不同的对待。梁生宝是在上级领导支持下积极开展农业合作化运动，他的行为得到了上级的表扬与支持。而孙少安私自扩大猪饲料地以及签订承包合同却受到了上级的严厉批评，为此他的父亲孙玉厚还曾担心他想不开自杀。

　　可以说，孙少安与梁生宝都有改变农民长期在温饱线上挣扎的现实的强烈愿望，并为此付出了自己的努力。从这一层面上来说，《平凡的世界》中的孙少安的故事是《创业史》中梁少宝故事的延续。即使到了农村实行家庭联产承包后，孙少安还是自觉地承担了他在人民公社时期作为一个"队长"，带领大家共同富裕的责任。他开办砖厂，除了为自己的家庭谋出路外，很大程度上也是为了使解决了吃饭问题的双水村村民有一个挣钱的地方，能够挣到买化肥农药、量油买盐的钱。

《平凡的世界》中的孙少安，可以视为新时期改革文学中农村改革的先锋以及新农村建设的带头人。他在砖厂盈利后，雇用村里的村民，不仅解决了农村剩余劳动力的就业问题，而且还带头出资修建了村里的小学，成为民间出资办教育的典型代表。可以说，路遥在孙少安身上寄托了自己对改革开放后的农村以及农民未来出路的一种设想，那就是凭借着孙少安这种有头脑、有胆识，又有集体意识或者说互帮互助意愿的农民积极发展乡镇企业，带领农民走上富裕之路。从这一层面来讲，孙少安在新的历史条件下，仍然承担了集体带头人的角色。

第三节　乡村知识青年

路遥小说中的乡村知识青年主要是正在接受中学教育的高中生、接受过中学教育的高考落榜生以及接受大学教育的大学生或农村知识分子，如《在困难的日子里》的马建强，《人生》中的高加林，《风雪腊梅》中的冯玉琴、康庄，《痛苦》中的高大年、《平凡的世界》中的孙少平、金波、孙兰香、金秀，以及《你怎么也想不到》中的郑小芳、薛峰。

一、马建强

小说《在困难的日子里（一九六一年纪事）》中，农村青年马建强到县城求学，通过县城这面镜子映射出了乡村极端贫穷的社会现实。路遥以这种"以小见大"的手法，从更加微观的层面表达了他对20世纪60年代中国社会城乡关系的独特见解。

马家圪崂村的马建强，这个"从贫困的土地上走来的贫困的青年"带着他那颗自尊又自卑的心踏上了县城的求学之路。以全县第二名的成绩入学的马建强，在"尖子班"中成了一个"在同学面前连头也抬不起来"的他者。在这个除了他之外，所有人都是干部子女的班上，马建强与他们有着悬殊的贫富差别，而造成这种差别的唯一原因是他来自农村，是一个农民的儿子。

他们与马建强之间由于生活环境的差别而造成的贫富差别使马建强难以融入六四（甲）班这个"共同体"。马建强不仅"为自己的寒酸而难过"，而且这种因贫穷而导致的自卑也在他与其他同学之间竖起了一道隐形的屏障，妨碍了他们之间的正常交往。"穿着那身寒酸的农民式破烂衣服"的"饥肠辘辘"的马建强，像一个"叫花子"一样生活在这个"尖子班"中，每天除忍受饥饿的煎熬外，在精神上也变得敏感而自卑。他无法以正常的平和的心态来对待同学让他参加篮球队的邀请，而认为让饥饿得连路都走不利索的他去打篮球这一行为堪称"恶劣"。对于同学对他的善意的帮助，他不仅无法接受，反而认为是对他的侮辱："他竟然当着周围几个女同学的面，把他啃了一口的混合面馒头硬往我手里塞，那神情就像一个阔佬耍弄一个叫花子。"[①] "玉米馍"事件使马建强的名声受到了损害，他把这归结于他的贫困，认为是贫困导致了别人肆无忌惮地践踏他的人格。从这一有失公允的结论可以看出，贫困确实使马建强的价值评价标

---

① 路遥. 在困难的日子里［M］// 路遥. 一生中最高兴的一天. 北京：北京十月文艺出版社，2009：257.

准出现了偏差，而这一偏颇的价值观反过来又加重了他与同学间的隔膜以及其自身的痛苦。"痛苦已经使我如疯似狂。在没人的地方，我的两只脚在地上拧、踢；用拳头和墙壁打架；或者到城外的旷野里狂奔突跳；要不就躲到大山深沟里去，像受伤的狼一般发出几声长嚎！"①

从这一段描叙中不难看出，来自农村的马建强，在被干部子弟包围的县城中学里，其精神上承受的压力以及由此导致的心态的失衡，又反过来刺激了其脆弱的自尊心，把同学的善意的帮助误解成恶意的戏弄。从马建强的县城生活来看，人群带给他物质与精神上的双重伤害，而县城周边的山野却抚平着/慰藉着他饥饿的肚皮以及受伤的心灵。"田野里虽然空无一人，但一切对我来说都是亲切友爱的；而在人声鼎沸的那里我知道我会多么孤寂。"②

对于马建强的同学来说，马建强在刚入学时，确实是一个处于被"观看"的位置的他者，与他们这些干部子女不同，来自乡村的马建强对他们来说是"新鲜"的，在马建强与他们的互视中，马建强日渐自卑，精神也日渐萎缩，而他们则在与马建强的对比中确认了自身的优越感，在确认马建强的存在不会对他们造成不好的影响/威胁后，他们则渐渐遗忘了马建强，可以说，马建强因其贫困获得关注，也因其贫困受到漠视。

当马建强在这个班级中日渐变成"透明人"的时候，善良的吴亚玲对他的热心帮助，以及马建强对其帮助由拒绝到接受的过程成为支撑小说叙事的主要内容。而马建强在自尊心的驱使下则一再地拒绝/误解了吴亚玲的好意。

"我怀着一种感激的心情躲避着她的关怀，和她更疏远了。除了乡巴佬的拘谨和胆小外，主要是我还不习惯平白无故地接受别人的帮助。尽管

---

① 路遥. 在困难的日子里［M］// 路遥. 一生中最高兴的一天. 北京：北京十月文艺出版社，2009：259.

② 路遥. 在困难的日子里［M］// 路遥. 一生中最高兴的一天. 北京：北京十月文艺出版社，2009：263.

我看出来她是诚心的，但我既不是她的亲戚，又不是她很熟的人，凭什么要接受这种帮助呢？而严格说来，她对我还是个生人——在国庆节之前，我实际上和她连一句话也没有说过。"①

为何马建强可以坦然地接受村民们用"救命粮"给他凑起来的口粮，而无法接受吴亚玲的帮助呢？除了作者在小说中对马建强这一行为动机的解释之外，马建强的自尊自重也是一个决定性原因。在村里，马建强与其他村民基本上处于平等的地位，这种平等是由普遍的贫穷所决定的，甚至马建强的进城读书还隐隐地抬高了马家的地位（"村里几个辈分很高的白胡子爷爷并且预言我将来要'做大官'"和"我们家（或者说是我们马家屹村）迟早要出个'贵人'呀"②）。而在这个位于县城的班集体中，马建强却因自身家境的贫困，自觉低人一等。在与同学们的比较中，马建强处处不如人，连学习成绩也由入学时的第二名变成了倒数第二，这些有形的无形的"劣势"反而激起了他心理上的自我保护意识，他要以拒绝接受帮助/"施舍"的行为，来维护其精神上的"高洁"，并通过学业成绩的赶超来确认他在集体/"共同体"中的"强者"地位。

其实，马建强进入这个集体／"共同体"时，其内心就与这些干部子女展开了较量，从某种程度来说，他们处于敌对的地位。那么，接受竞争对手的帮助，无疑是一种不可原谅的行为。在学习上赶超对手，成为全班第一名，则具有里程碑式的意义。"宣布成绩后，我沉默地走出了教室，像胜利了的拳击手一样，疲惫不堪中带有一种说不出的欢愉情绪。"③

虽然，马建强的学习成绩赶超了同学，但这并不能改变他穷困的现

---

① 路遥. 在困难的日子里［M］// 路遥. 一生中最高兴的一天. 北京：北京十月文艺出版社，2009：276.

② 路遥. 在困难的日子里［M］// 路遥. 一生中最高兴的一天. 北京：北京十月文艺出版社，2009：254-255.

③ 路遥. 在困难的日子里［M］// 路遥. 一生中最高兴的一天. 北京：北京十月文艺出版社，2009：277.

实，甚至连饱餐一顿的愿望也难以实现。而吴亚玲"丢弃"在破窑中的破铁盒中的钱和粮票，又在考验着马建强的道德品格，在经历了一番思想上的斗争后，马建强还是遵从了其父的教导（"咱穷，也要穷得刚刚骨骨的，不吃不义之食……"①），把钱和粮票上交给了班主任，并且慷慨地把他辛苦收集的土豆和玉米送给了一对讨饭的母女。

在小说中，马建强与同学的关系一直处于变化中，正是这种变化推动着小说情节的发展。马建强刚入学时，作为县城生活的闯入者，他与同学们处于一种"互视"的关系中。在"互视"中，马建强逐渐成为在班级生活中被漠视的"透明人"，而吴亚玲对马建强的帮助又打破了其"透明人"的状态，最终使其处于班级舆论的漩涡中："吴亚玲横遭非议，郑大卫强忍痛苦，周文明火上加油，全班同学在看笑话……而这一切都是由我才引起的，我现在甚至憎恶自己的存在。"②全班人对马建强、吴亚玲、郑大卫三人关系的非议，使得作为"闯入者"的马建强做出了退学的决定。另一方面，马建强的退学，又激起了同学们的善意，郑大卫还对马建强说："你一定要回学校去！我已经重新给你在教导处报了名。我还央求我爸爸想办法在县上的机动救济粮里给补助一些，他已经答应了……你一定要回去。同学们听说你退了学，还捐助了许多粮票和钱，大家都在等着你……请你原谅我吧……"③而马建强回校的唯一条件竟是对郑大卫说"那你……一定要和亚玲好"④！

此时，马建强与其同学的关系也有了质的变化：从拒绝吴亚玲的帮

① 路遥. 在困难的日子里［M］// 路遥. 一生中最高兴的一天. 北京：北京十月文艺出版社，2009：283.

② 路遥. 在困难的日子里［M］// 路遥. 一生中最高兴的一天. 北京：北京十月文艺出版社，2009：304.

③ 路遥. 在困难的日子里［M］// 路遥. 一生中最高兴的一天. 北京：北京十月文艺出版社，2009：314.

④ 路遥. 在困难的日子里［M］// 路遥. 一生中最高兴的一天. 北京：北京十月文艺出版社，2009：315.

助到同意与吴速玲一起去武装部干活儿，到接受全班同学的帮助，这是其"融入""共同体"的过程，或者说是其被"共同体""接受"的过程。在这一过程中，作者让受饥饿胁迫的马建强反复经受物质（钱与粮票）的考验，又面临精神上的威压。与其说是马建强在战胜贫乏的物质条件，不如说是其向环境的妥协。他不再强调"穷得刚刚骨骨的，不吃不义之食"，而是在听郑大卫诉说了改善他的生活的努力后，嘱咐郑"一定要和亚玲好"，或许，他意识到了他的出现对郑、吴二人之间关系的破坏才是使其陷于退学境地的真正原因。马建强如果想要继续在县城求学，就不能挑战既有的规则与秩序，否则会造成两败俱伤的局面，而他显然是"伤不起"的那一方。

马建强的退学是因为其自尊，要在"道德上成全自己"，在他接受了全班人的帮助，处于"施—受"关系中弱势的一方时，他又如何在道德上成全自己呢？作者在小说中没有回答。或许这只是马建强在融入"共同体"、适应县城生活过程中的一个小插曲，却在无意中改变了其乡村生活经验赋予他的一些道德方面的信仰与准则。他在适应县城求学生活的过程中，逐步打破了与其他同学之间的隔膜，在乡村生活经验养成的人格与城市/县城生活经验养成的人格的交锋中，互有损伤也各有收获。在彼此的包容与谅解中，是否能塑造出一种超脱出城乡社会二元对立格局的新型人格也并未可知。路遥在小说的结尾显然给"未来"设置了一个光明的前景，马、周、郑、吴四人手拉手唱着《游击队之歌》走向县城的画面虽然略显矫情，却也是作者对其未来的期许，期望他们在歌曲的激励下，在困难的日子里坚定地前行，最终赢得胜利。在小说中，城与乡的碰撞与冲突，在各自的退让与妥协中达成了和解，历史的经验则为城与乡的前途提供了可资借鉴的方向。

二、高加林

出身乡村的青年，其乡村知识分子身份的获得是与其在县城高中求学的经历密不可分的。求学时期的城市，为他们展示了一个与以往乡村生活经验完全不同的现代化的世界。对于高加林来说，"几年活跃的学校生活，使他渐渐把自己的思想感情和生活习惯与城市紧密地融合在了一起；他很快把自己从里到外都变成了一个城里人。农村对他来说，变得淡漠了，有时候成了生活舞台上的一道布景"①。

在中学时，来自闭塞山村的高加林就是班里的学习干事，且与"聪敏、大方、不俗气""又经见过世面"的黄亚萍相比，也并不逊色。正如路遥在小说中写到的那样，"高加林虽然出身农民家庭，也没走过大城市，但平时读书涉猎的范围很广；又由于山区闭塞的环境反而刺激了他爱幻想的天性，因而显得比一般同学飘洒，眼界也宽阔"②。而高加林这个县城中学里的佼佼者，与黄亚萍相比却有着"难以克服的自卑感"，这种自卑感的根源，则是高加林的"家庭、经济条件和社会地位"这些方面。可以说，成绩优秀的高加林，是因其先赋身份——"农民"而自卑的。"农民"在身份上的劣势，在高加林中学毕业时淋漓尽致地显现了出来。在同一个班级，貌似平等的同学们因身份的不同，其生活的轨迹也朝着两个不同的方向延伸出去：农村户口的同学都回到了乡村，城市户口的纷纷寻门路在城市里找工作。在某种层面上来看，这一历史时期城乡分治的户籍管理制度"形成了城镇居民的孩子永远是城镇居民，农民的子女永远是农民的世袭阶层体系"③。面对这种强大的政治力量和社会力量，出身农民的高加林们改变身份只有招工、升学、当兵等几种有限的途径。

在路遥小说文本中，以高加林为代表的这些出生于乡村却向往城市生活，最终却不得不留在乡村的高考落榜青年与乡村及其所承载的生活方式、价值观念之间的关系是充满阐释的空间的，二者之间存在着一种双

---

① 路遥. 人生 [M]. 北京：北京十月文艺出版社，2011：141.

② 路遥. 人生 [M]. 北京：北京十月文艺出版社，2011：30.

③ 陆学艺. 当代中国社会阶层研究报告 [M]. 北京：社会科学文献出版社，2002：168.

向的互动的充满张力的关系。这种复杂关系的其中一个向度是知识青年对其在城市求学时所获得的现代经验——现代观念、现代生活方式在乡村的"移植",以及移植城市文化过程中对乡村人文景观的"改造"/"再造"。而且,在这一维度中,民办教师时期的高加林与生产队社员时期的高加林,因角色的转变,其与乡村空间的关系有着明显的变化。

（一）乡村知识分子与乡村"在而不属于"的关系

民办教师阶段的高加林用其在城市求学所获得的现代知识教育着在乡村中成长的少年儿童,其在乡村社会生活中承担的是文化传播的工作。高加林作为知识的搬运工/中介,把现代知识传授给未来乡村生活的主体——乡村少年,不仅实现了现代知识在乡村中的代际传递,而且也在潜移默化中培养着高加林们的接班人。除此之外,高加林还向乡村这片底蕴深厚的土壤中"移植"了其在县城求学时所获得的城市生活经验以及城市生活方式。

一是对"卫生"的要求。高加林回到乡村后仍然保持着刷牙的习惯,从刘巧珍刷牙被高家村村民围观可以看出,刷牙/口腔卫生并不是20世纪70年代乡村生活普遍存在的生活方式,而是一种异化于乡村生活的"奇观",处于被观看的尴尬位置。刷牙这一卫生习惯具有了象征性,成为分隔普通农民与乡村知识青年的界线。"文盲"刘巧珍在高加林的教导下越界了,高家村即刻就出现了"看—被看"的场景——作为知识分子的高加林、刘巧玲们可以刷牙,但是文盲刘巧珍没有刷牙的权力!

二是读书看报写文章的文人生活。民办教师时期的高加林,虽然生活在乡村,却并没有参与到农业生产活动中去。即使是在周末这样的闲暇,他也没有去生产队参加集体劳动,甚至连自家自留地里的活儿计都是由其瘸腿的父亲高玉德独自完成。由于小说《人生》是从高加林失去民办教师工作写起的,高加林民办教师时期的日常生活并没有在小说中得到直接呈现,但是根据路遥在小说中对高加林生活习惯的书写,我们仍然能够合理地脑补出乡村知识分子高加林读书看报写文章的文人生活。路遥在小说中写道，"他从初中就养成了每天看报的习惯，一天不看报纸总像缺个什么似的"①，"亏得这三年教书，他既不要参加繁重的体力劳动，又有时间继续学习，对他喜爱的文科深入钻研。他最近在地区报上已经发表过两三篇诗歌和散文，全是这段时间苦钻苦熬的结果"②。除此之外，高加林还把学生时期运动健身的习惯延续了下来。路遥不仅在小说中书写了高加林运动的场景，而且把高加林身体管理的优秀成果呈现在了读者面前："他的裸体是很健美的。修长的身材，没有体力劳动留下的任何印记，但又很壮实，看出他进行过规范的体育锻炼。……高加林活动了一会儿，便像跳水运动员一般从石崖上一纵身跳了下去，身体在空中划了一条弧线，就优美地没入了碧绿的水潭中。他在水里用各种姿势游，看来蛮像一回事。"③

从这一方面来看，高加林们的乡村文人生活也与以陶渊明为代表的传统乡村文人生活有着明显的不同，他们并没有延续陶渊明的耕读传统，甚至明显地表示出了对农业劳动的抗拒。"没有体力劳动留下的任何印记"成了乡村知识分子高加林引以为傲的事情，这种带有明显的情感偏向的描述其实也潜在地透露出了路遥这类出身乡村的知识分子对待乡村、对待劳动的复杂态度。这种对劳动的复杂态度，在小说《人生》中一方面表现为对劳动本身的歌颂，一方面表现为对乡村知识青年急于摆脱农业劳动的心态的刻画。可以说，高加林是以摆脱农民身份、走出乡村空间、成为现代知识分子为主旨来规划其人生道路的："他虽然从来也没鄙视过任何一个农民，但他自己从来都没有当农民的精神准备！不必隐瞒，他十几年拼命读书，就是为了不像他父亲一样一辈子当土地的主人（或者按他的另一种说法是奴隶）。虽然这几年当民办教师，但这个职业对他来说还是充满希望的。几年以后，通过考试，他或许会转为正式的国家教师。到那时，他再

---

① 路遥.人生［M］.北京：北京十月文艺出版社，2011：36.
② 路遥.人生［M］.北京：北京十月文艺出版社，2011：7.
③ 路遥.人生［M］.北京：北京十月文艺出版社，2011：19-20.

努力，争取做他认为更好的工作。"①

简而言之，高加林这个高家村土生土长的农民之子，原本应该有着与其父辈、祖辈一脉相承的农民身份及与之相关联的一整套乡村生活方式、价值观念等，但是路遥在小说《人生》中呈现出的民办教师时期的高加林的乡村生活则是对城市生活的"移植"，其内核仍是现代的知识分子式的生活，只不过其展开的空间是乡村而已。也就是说，作为现代知识分子的高加林是脱离于传统的乡村生活之外的。经历了"高家村—县城—高家村"之旅的高加林，其民办教师时期的生活方式已经与当时主流的乡村生活拉开了距离，甚至可以说高加林与乡村生活处于一种"在而不属于"的状态。

从民办教师到生产队社员的身份转变则打破了高加林与乡村生活方式之间相安无事的状态。作为社员的高加林必须融入生产队的集体劳动生活以及高家村的日常生活图景中，成为高家村这个"共同体"中的一员。此时，社员高加林已经成为乡村生活图景中的一部分，二者之间的关系也因之发生了变化。乡村教师到社员的身份变化，不仅为小说的叙事提供了动力，也使乡村知识青年与其所身处的乡村空间之间的关系呈现出了层次的丰富性，进而使得二者之间的关系充满了张力，也为我们分析乡土景观及景观中的人提供了阐释的空间。

（二）社员高加林与乡村的互动关系

路遥在小说《人生》中对社员高加林与乡村生活的互动关系是通过高加林在高家村生产生活中发生的几个比较典型的事件来呈现的，如高加林出山劳动、"漂白粉事件"以及恋爱事件。高加林在高家村参加农业生产以及日常生活中发生的这一系列事件，从本质上来说，体现了作为知识分子的高加林与乡村博弈的过程。从博弈的结果来看，高加林基本上是失败的。首先，高加林没能维持其现代知识分子的生产生活方式，他由脑力劳动者变成了体力劳动者。其次，在"漂白粉事件"中，高加林的科学启

---

① 路遥. 人生［M］. 北京：北京十月文艺出版社，2011：7-8.

蒙基本上是失败的；另外，高加林与刘巧珍的恋爱事件并不被以高家村村民为代表的乡村社会成员所接受，他们的恋爱之所以在乡村空间中能够存续与刘巧珍的忠贞有关，也与高加林的飞黄腾达有关。如果高加林没能进城当通讯员，而是一直在高家村生活，他们的恋爱必将继续遭受刘立本这类乡村"卫道士"的围追堵截。而博弈的另一方乡村及其所代表的生活方式、价值观念在某种程度上来说是相当成功的——它基本上实现了对高加林的改造或者说是规训，即高加林从脱离于农业生产活动之外的知识分子变成了适应农业生产劳动和农村生活的社员/农民。高加林从乡村知识分子到农民的身份过渡并不是一蹴而就的，而是经历了一个动态变化的过程。

在失掉民办教师工作之后，高加林先是经历了一段颓废、焦虑的时光。

> 近一个月来，他每天都是这样，睡得很早，起得很迟。其实真正睡眠的时间倒并不多；他整晚整晚在黑暗中大睁着眼睛。从绞得乱翻翻的被褥看来，这种痛苦的休息简直等于活受罪。只是临近天明，当父母亲摸索着要起床，村里也开始有了嘈杂的人声时，他才开始迷糊起来。他朦胧地听见母亲从院子里抱回柴火，吧嗒吧嗒地拉起了风箱；又听见父亲的瘸腿一轻一重地在地上走来走去，收拾出山的工具，并且还安咐他母亲给他把饭做好一点……他于是就眼里噙着泪水睡着了。①

失眠、焦虑、灰心丧气的高加林并没有一直颓废下去，反而是清醒地认识到了其在乡村生活中所处的地位，他不再是受人尊重的乡村教师了，他已经是一个"地地道道的农民"了！于是高加林开始其由知识分子向农民的痛苦的转变：先是"像和什么人赌气似的，他穿了一身最破烂的衣服，还给腰里束了一根草绳，首先把自己的外表'化装'成了个农

---

① 路遥. 人生 [M]. 北京：北京十月文艺出版社，2011：12.

民"①; 然后 "以一种压抑变态的心理, 用毁灭性的劳动来折磨肉体, 以转移精神上的苦闷"; 最终高加林逐渐被乡村同化了, 几乎成了一个合格的青年农民。

> 经过一段时间, 他的手变得坚硬多了。第二天早晨起来, 腰腿也不像以前那般酸疼难忍。他并且学会了犁地和难度很大的锄地分苗。后来, 纸烟变得不香了, 在山里开始卷旱烟吃。他锻炼着把当老师养成的斟词酌句的说话习惯, 变成地道的农民语言; 他学着说粗鲁话, 和妇女们开玩笑。衣服也不故意穿得那么破烂, 该洗就洗, 该换就换。
>
> 中午回来, 他主动上自留地给父亲帮忙; 回家给母亲拉风箱。他并且还养了许多兔子, 想搞点副业。他忙忙碌碌, 俨然像个过光景的庄稼人了。②

高加林在经历了不甘、颓废、报复性劳动之后, 终于归于平静, 坦然接受了自己成为农民的事实, 并竭力从衣着打扮、行为习惯、语言习惯等方面贴合高家村的生活实际。是的, 高加林几乎成为一个合格的农民了, 但是高加林最终还是没有成为一个像马栓那样的农民。究其根本, 还要从高加林的 "有文化" 说起。其实, 成为社员后的高加林在乡村生活中的处境是颇为暧昧、尴尬的。首先, 他面临着 "英雄无用武之地" 的处境。高加林在县城中学学到的知识、特别是在文科方面的特长, 并不能使其很好地融入依靠经验的乡村生产生活当中, 某些时候甚至会引发他们与普通村民之间的冲突, 路遥在小说《人生》中描写的 "漂白粉事件" 形象生动地表明了乡村知识青年或者说是现代知识在乡村的尴尬处境。

路遥在小说《人生》中为我们展示了高家村那口水井所处的肮脏的环境。

---

① 路遥. 人生 [M]. 北京: 北京十月文艺出版社, 2011: 60.
② 路遥. 人生 [M]. 北京: 北京十月文艺出版社, 2011: 71.

> 石头围了一圈的水井，脏得像个烂池塘。井底上是泥糊子，蛤蟆衣；水面上飘着一些碎柴烂草。蚊子和孑孓充斥着这个全村人吃水的地方。
>
> ……
>
> 所有的这一切，使他感到沉重和痛苦：现代文明的风啊，你什么时候才能吹到这落后闭塞的地方？①

面对着这口"脏得像个茅坑"的水井，高加林和刘巧珍结伴去县城买漂白粉，并让村里的几个年轻人把水井好好收拾了一下。如果说高加林与刘巧珍恋爱的公开化是"对他所憎恨的农村旧道德观念和庸俗舆论的挑战"，那么他用漂白粉清洁水源的行动则是现代文明向乡村生活方式发起的一次科学启蒙。从这一层面来看，路遥在高加林身上寄寓了知识分子的启蒙思想，试图通过高加林这样的知识青年向封闭落后的乡土景观中传播现代科学观念，进而改变乡村社会的观念体系。从"漂白粉事件"中高家村水井边的那场混乱来看，高加林的启蒙行为无疑是失败的，甚至其知识分子的启蒙立场都是动摇的、不坚定的。担水的庄稼人发现了井里的东西后，"所有人都有粗话咒骂：高玉德的嫩老子不要这一村人的命了！"和高加林一起"撒药"的年轻庄稼人的解释，更是加剧了村民的愤怒。为此高加林想要出面给乡党们说明情况，却被父母亲拦住了。他的父母怕他会在井边挨打。高家村另一个知识青年刘巧玲试图用学校里学的化学原理给众人说明漂白粉的作用，不仅被粗鲁地打断，而且还受到了村民的嘲弄。最终是高明楼出面制止了水井边的这场混乱，高家村的生活又恢复了原本的秩序。路遥用"愚昧很快就打败了科学"这句话总结高家村的这次"卫生革命"，如果我们把这句话换一个说法，则是高明楼打败了高加林。

高加林发起的这场"卫生革命"不仅仅是向乡村传播卫生观念，而且还是对高家村公共事务的积极参与。但是从"漂白粉事件"的过程和结果

---

① 路遥.人生［M］.北京：北京十月文艺出版社，2011：97.

来看，高加林在高家村的公共事务中并没有话语权，甚至还一度处于失语的状态，他作为事件的发起者，在出现混乱后却被其父母藏了起来。可以说，"漂白粉事件"如同"民办教师事件"一样，再一次向高加林彰显了高明楼在高家村的"霸权"地位——高明楼的一句话、一个动作就获得了全村人的认可。

简而言之，在路遥小说中，像高加林这样有着上进心的乡村知识青年在闭塞落后的乡村环境中不仅无法施展自己的才华，而且还时时处处受到束缚。他们的知识除了做民办教师之外几乎没有用武之地，他们在乡村生活中也并不自由，高加林与刘巧珍的恋爱就被高家村的村民认为是伤风败俗的行为。在这种情况下，我们不难理解知识青年面对落后的乡村生活时所表现出来的苦闷、惆怅以及离开乡村的决心。

三、孙少平

路遥在小说中是这样分析孙少平这一人物的："孙少平的精神思想实际上形成了两个系列：农村的系列和农村以外世界的系列。对于他来说，这是矛盾的，也是统一的。一方面，他摆脱不了农村的影响；另一方面，他又不愿受农村的局限。因而不可避免地表现出既不纯粹是农村的状态，又非纯粹的城市型状态。"①中学毕业后，孙少平之所以能安心待在农村，正是因为他有着民办教师的工作——不仅不必忍受体力劳动的煎熬，还有读书看报的闲暇。虽然身在农村，但是他的精神世界是宽广的。在结束教师生涯后，他几乎是立刻就感受到了乡村生活的苦闷。

> 一整天在山里挣命，肉体的熬苦使精神时常处于麻痹状态——有时干脆把思维完全"关闭"了。晚上回到家里，惟一的向往就是倒在土炕上睡觉，连胡思乱想的工夫都没有。一个有文化有知识而爱思考的人，一旦失去了自己的精神生活，那痛苦是

无法言语的。

这些也倒罢了。最使他憋闷的仍然是不能按照自己的意愿去安排自己的生活。①

所以孙少平在失去乡村教师的工作后，并不甘心一辈子都当农民，而是试图通过个人的努力来改变自己的命运，他对走出农村有着强烈的渴望："他不能甘心在双水村静悄悄地生活一辈子！他老是感觉远方有一种东西在向他召唤。他不间断地做着远行的梦。"②因此，孙少平才会执意到黄原城去寻找新的生活。

孙少平这个接受过高中教育的年轻力壮的乡村青年，在成为黄原城东关大桥头揽工汉群体中的一员后，其身体和精神都不得不承受着严峻的底层社会生活环境带来的暴击。在工地上，孙少平这样的揽工汉像牛马般拼命地劳动，以伤痕累累的身体为代价挣得每天两块五毛钱的血汗钱。自孙少平在北关阳沟大队揽的第一份工开始，到成为大牙湾煤矿的工人为止，他的身体遭受了极大的痛苦，也经历了一个蜕变的过程——孙少平在身体意义上完成了从知识青年到揽工汉的转变："原来的嫩皮细肉变得又黑又粗糙；浓密的黑发像毡片一样散乱地贴在额头。由于活苦重，饭量骤然间增大，他的身体看起来明显地壮了许多。两只手被石头和铁棍磨得生硬；右手背有点伤，贴着一块又黑又脏的胶布。目光似乎失去了往日的光亮，像不起波浪的水潭一般沉静；上唇上的那一撇髭须似乎也更明显了。从那松散的腿胯可以看出，他已经成为地道的揽工汉子，和别的工匠混在一起，完全看不出差别。"③

但是这种转变并不是一蹴而就的，孙少平的身体经历了一个被反复锤炼的过程，结痂的伤口一次次地被撕裂，他的肉体一直处于被损伤的状

---

① 路遥. 平凡的世界：第二部 [M]. 北京：北京十月文艺出版社，2011：88.

② 路遥. 平凡的世界：第二部 [M]. 北京：北京十月文艺出版社，2011：89.

③ 路遥. 平凡的世界：第二部 [M]. 北京：北京十月文艺出版社，2012：125.

态，并没有真正地痊愈过。^①在路遥的小说世界中，乡村知识青年通过体育锻炼所塑造出来的身体是其区别于普通乡村青年/农民/劳动者的重要特征之一。路遥在《人生》中对乡村知识青年高加林身体的描述（"他的裸体是很健美的。修长的身材，没有体力劳动留下的任何印记，但又很壮实，看出他进行过规范的体育锻炼。"^②）无疑是充满赞赏意味的，而且路遥在小说中同样描写了农业劳动对知识青年高加林的身体造成的破坏，如"他的劳动立刻震惊了庄稼人。第一天上地畔，他就把上身脱了个精光，也不和其他人说话，没命地挖起了地畔。没有一顿饭的工夫，两只手便打满了泡。他也不管这些，仍然拼命挖。泡拧破了，手上很快出了血，把镢把都染红了"^③。

路遥在《平凡的世界》中对进城后的孙少平身体蜕变的描写，从内容上来看是对小说《人生》的延续和深化，同时也增强了这两部小说文本之间的联系。我们从路遥对身体—劳动关系的阐释中不难看出其对劳动的暧昧态度。一方面，劳动是通过身体来完成的，在劳动过程中对身体的过度使用在某种程度上是对身体美的破坏。但是，这种对身体的破坏或多或少掺杂着劳动主体的主观原因，他们其实并不是非要承受如此高强度的劳动。通过对文本的细读可以看出这些"没命地""拼命"劳动，主要是乡村知识青年通过高强度的劳动对其苦闷心理的一种发泄，同时这也是一种强迫自己从生理上和心理上接受其成为体力劳动者这一无奈现实的偏激做法。正如高加林所说："我一开始就想把最苦的都尝个遍，以后就什么苦活也不怕了。……再说，我现在思想上麻乱得很，劳动苦一点，皮肉疼一点，我就把这些不痛快事都忘了……手烂叫它烂吧！"^④另一方面，路遥

---

① "他本以为，他的脊背经过几个月的考验，不再怕重压；而没想到又一次溃烂了——旧伤虽然结痂，但不是痊愈，因此经不起重创，再一次被弄得皮破肉绽！"（路遥.平凡的世界：第二部［M］.北京：北京十月文艺出版社，2012：146.）

② 路遥.人生［M］.北京：北京十月文艺出版社，2011：19-20.

③ 路遥.人生［M］.北京：北京十月文艺出版社，2011：62.

④ 路遥.人生［M］.北京：北京十月文艺出版社，2011：63.

在其小说中又不止一次地对这种体力劳动表达了赞美与歌颂，甚至还在形而上的层面把对身体造成摧残的体力劳动升华成了关于"苦难"的学说。劳动尽管造成了伤痕累累的身体，但这也是对人的意志的一种考验，"通过这一段血火般的洗礼，他相信，自己历经千辛万苦而酿造出的生活之蜜，肯定比轻而易举拿来的更有滋味"①。

但是城市景观中的孙少平最终还是没有成为真正意义上的揽工汉，他与其他揽工汉之间还是存在着明显的差别。他离开双水村到黄原城里揽工，并不仅仅是为了糊口，而是包含着更为丰富的内容。在黄原城里揽工是为了能够在城市有一个立足之地，但是孙少平心中挂牵的仍是如何发展、如何提高的问题。因此，在黄原城的工地上漂泊的孙少平内心充满了因无法真正在城市立足而产生的焦虑感。孙少平与金波的谈话揭露了其焦虑的原因：

首先，孙少平与金波在思想观念上是一致的，"……外面并不是天堂。但一个男子汉，老守在咱双水村那个土圪崂里，又有什么意思？人就得闯世事！安安稳稳活一辈子，还不如痛痛快快甩打几下就死了！即使受点磨难，只要能多经一些世事，死了也不后悔！"②也就是说，孙少平追求的是生命的质量，而不是生命的长度，他期待能够尽可能地丰富自己的生命体验，期待自己的生活始终处于一种变化/发展的状态中，而不是每天都在自我重复中虚度年华。但是，已经成年的孙少平作为双水村农民孙玉厚的二小子，他除考虑自身的发展之外，同样需要担负家庭的责任。在哥哥孙少安已经结婚并成立自己的小家庭后，他理应承袭孙少安原来的职责。但是他最终还是决定离开双水村，基本上把自己从双水村以血缘和地缘为基础形成的差序格局中分离了出去。他为了追求自己心中理想的生活而付出的代价，造成了他内心的痛苦。

---

① 路遥. 平凡的世界：第二部［M］.北京：北京十月文艺出版社，2008：166.
② 路遥. 平凡的世界：第二部［M］.北京：北京十月文艺出版社，2012：138.

　　其次，孙少平在付出了相当大的代价来到城市后，面临的生存困境同样是其内心焦虑的根源。农村改革后，孙少平想要离开双水村在程序上是十分简单的，他只需要征得家人的同意就可以进城，他的自责主要是道德层面上的；但是孙少平想要在城市立足并且成为市民却是十分艰难的。在20世纪70年代末到80年代初的历史语境中，孙少平只有进入城市中的某个单位获得知识分子身份或者工人身份，才能从户籍意义上完成自己身份的转变。但是对于揽工小子孙少平来说，这基本是不可能的。金波还能通过顶替招工的方式实现进城的目标，孙少平却是没有任何门路的。对此，孙少平有着清醒的认识，"是呀，最叫人痛苦的是，你出身于一个农民家庭，但又想挣脱这样的家庭；挣脱不了，又想挣脱"。也是就说，如果孙少平的人生中没有因阳沟大队曹书记和田晓霞的出现而带来的转机的话，他在城市中是极有可能当一辈子揽工汉的。所以，孙少平牢牢抓住了能够改变其农民身份的机会——他把户口迁到了黄原城北关的阳沟大队。

　　在因雨停工的时间里，已经把户口迁入北关阳沟的孙少平躺在"汗气熏人的破窑洞里"谋划着自己的生计，在为自己在黄原城中的发展做了如下的规划。

　　　　他想，他一定不敢误工，要千方百计找到活干。……他已经在工地上留心学习匠工的技能，想尽快改变当小工的处境。如果他成了匠工，他一天的工钱就能提高一倍；这样，除过顾救家庭，自己也能积攒一点。两三年后，要是能在阳沟找个地盘，他就可以先箍两孔窑洞——那时才意味着他真正在黄原扎下了根。

　　　　这一切也许并不是梦想。他年轻力壮，只要心里攒上劲，这个目标是可以实现的。当然，这还是一个最基本的打算哩！他甚至想某一天，他会成为一名包工头，嘴里叼着黑帮卷烟，到东关大桥头去挑选工匠……①

————————

① 路遥. 平凡的世界：第二部［M］. 北京：北京十月文艺出版社，2012：163.

在小说《人生》中，路遥书写了乡村知识青年高加林的人生规划：作为民办教师的高加林，想要通过考试转成正式的国家教师，然后再谋求更好的工作。同样做过民办教师的孙少平的人生规划却是从小工到匠人，再成为包工头。双水村的孙少平为什么做出了与高家村的高加林截然不同的选择呢？这要从他们规划人生之路的时空节点说起。高加林在谋划着考取正式教师身份时，他仍是高家村脱离农业生产的民办教师，他的规划是立足于其所处的当下现实条件而为自己的未来做出的理想选择——成为知识分子。而孙少平规划自己的未来时已经从双水村的乡村教师变成了黄原城里的揽工汉，他也是从其当下所处的现实环境出发来为自己在黄原城中的未来做出了一个较为合理的选择。一方面，这个选择暗含着阶层的上升，从小工到匠人意味着在揽工汉群体中从底层到中上层的流动。同一阶层内的向上流动靠的是劳动技能的掌握，也就是说有了位于黄原城北关的阳沟村户口的孙少平其短期目标是成为有属于自己的窑洞的技术工人，从城市中的无产者变成有产者。另一方面，孙少平成为包工头的长远规划还指向了阶层的跨越。从匠人到包工头的身份转变意味着孙少平从一个建筑工地上被剥削的劳动力变成一个剥削劳动力的角色，即从被剥削者变成剥削者。我们甚至可以沿着孙少平的思路替他描摹出一条"小工—匠人—包工头—开发商—资本大鳄"的人生进阶之路，但是揽工汉孙少平的城市之路因为田晓霞的出现而偏离了原来的轨道，朝着另外一个方向发展。

除此之外，在黄原城中因其农民身份而焦虑的孙少平在经历了小翠事件后，还产生了道德上的焦虑。身处揽工汉这个城市社会底层群体中的小翠，与同样来自乡村的孙少平相比，在身心方面遭受着更为严酷的剥削和残害。路遥通过孙少平的视角为我们呈现了工艺美术厂工地这个城市空间中存在的罪恶，通过对小翠"被侮辱""被损害"的过程①的书写，揭露了

---

① 参见路遥.平凡的世界：第二部［M］.北京：北京十月文艺出版社，2012：253.

城市底层生活给乡村青年带来的肉体和精神上的双重伤害。"目睹"/"围观"了暴行的孙少平，"牙咬着嘴唇，浑身索索地抖着"，却立在灶房门口不知该怎么办。他先是"用一个手指头轻轻顶了一下门"，结果门关着，"他的心像是要从喉咙里跳出来"。然后慌乱的孙少平"退回到自己的房间，立在黑暗的墙角里，用一只手狠狠地抠着刚砌起的砖墙"。然后孙少平的眼前浮现的是文学作品《白轮船》中的场景："那只美丽慈爱的长角母鹿和它被砍下的头颅；出现了那个小孩以及最后淹没了他的那冰冷的河水和深不可测的湖……"①

　　这个充满了文学象征隐喻性的画面，不仅仅以被砍下了头颅的母鹿和被淹没了的小孩来类比遭受了身体摧残的小翠，还用砍掉母鹿头颅的砍刀以及淹没小孩的冰冷的河水和深不可测的湖来意指包工头胡永州以及其背后的权力关系网络。在黄原城建筑工地这个空间中的人大致可以划分为揽工汉和包工头这两个阶层。包工头去东关大桥头像挑选牲口一样在众多等待揽活的揽工汉中挑选其满意的人，并且直接决定每个揽工汉的工钱。揽工汉在工地上则要拼尽全力证明自己是最出色的小工/匠人，以防被包工头打发走。在这样一种支配与被支配的关系中，包工头几乎掌握着每个揽工汉的"生杀大权"。路遥在小说中明确地指出了胡永州之所以能在黄原城建筑行业作威作福/欺男霸女的原因——"我表弟就是地委副书记高凤阁！"此外，这个文学性的画面还暗含着孙少平对自身前景的悲观性预测，"冰冷的河水"以及"深不可测的湖"的存在使得孙少平的命运中也暗含了被"淹没"的可能。这种"淹没"可能是黑包工头命令的高强度的劳动对揽工汉健康身体的摧残，也可能是黑包工头在工地上的恶行（对小翠的侵犯）导致的受害者小翠道德上的堕落、围观者高加林的精神危机以及

---

① 路遥.平凡的世界：第二部［M］.北京：北京十月文艺出版社，2012：253.

"萝卜花"这样的揽工汉的道德滑坡。①

孙少平出身于乡村的这一文化背景，使他天然地对乡村文化产生认同感。乡村传统道德中的"仁义"深深地影响着孙少平的行为。亲情伦理是孙少平拯救小翠的重要原因。对于孙少平这样一个讲求精神生活的人来说，救小翠一方面是出于对小翠的怜悯，另一方面则是道德上的义愤。在乡村传统道德的支配下，孙少平不可能对受到包工头侵犯的小翠视而不见。于是他不惜丢掉工作、得罪包工头、损失工钱也要把小翠送回家。仗义疏财的孙少平以道德的力量获得了对胡永州所代表的资本的短暂胜利。小翠的再次出现，则证明了孙少平的失败。他应对苦难的精神资源——传统道德，败在了资本的面前。资本的活动，带来了一种新的人际关系。这种人际关系体现在包工头对揽工汉的支配上，而胡永州对小翠的施暴就是这种支配的极端形式。资本的力量不仅仅塑造了孙少平那样伤痕累累的身体，还塑造了小翠那种堕落、麻木的灵魂。

孙少平招工到大牙湾煤矿不仅解决了其身份问题，而且还顺利地摆脱了黄原城中的人事纷扰给他带来的精神冲击以及道德焦虑。在大牙湾煤矿，孙少平在王世才一家身上感受到了乡村式的温情，煤矿黑户区的生活方式以及人情交往使得他在精神上保持着与故乡的亲近。孙少平受伤后在省城住院时，他的妹妹孙兰香的男朋友曾经提出让他留在省城工作，孙少平之所以会拒绝他们的好意，很重要的一个原因就是大牙湾煤矿这个独特的空间既解决了孙少平的身份问题，使他获得了体制的保障，又在文化形态上与双水村存在着相似性，不会使他在道德方面面临危机。

---

① 孙少平相熟的揽工汉"萝卜花"是"咧着嘴一边笑，一边听"孙少平说包工头胡永州对小翠做的恶事的，而且在听了孙少平救助小翠的打算后"惊讶地跳起来了，说：'你是个憨后生！这是个屁事嘛！哪个包工头不招个女的睡觉？你黑汗流水赚得那么一点钱，这不等于撂到火里烧了？'"（参见路遥.平凡的世界：第二部［M］.北京：北京十月文艺出版社，2011：255.）

第四节 女性形象

路遥在其小说世界中塑造了众多女性形象，如《人生》中的刘巧珍、黄亚萍、刘巧英，《姐姐》中的姐姐，《风雪腊梅》中的冯玉琴，《黄叶在秋风中飘落》中的刘丽英，《你怎么也想不到》中的郑小芳、贺敏，《平凡的世界》中的田晓霞、田润叶、杜丽丽、孙兰香、金秀、贺凤英、贺秀莲、王彩娥、孙卫红、小翠。上文列举出的路遥小说中的女性形象，具有某种内在的一致性，这是由路遥小说中女性形象在小说文本空间中的位置与作用决定的。女性并不是路遥小说的主角，她们的存在更多的是出于叙事的需要，且在形象内涵上存在着单一化、脸谱化的倾向，并没有构成一个多样化的女性形象系列。因此，本书以路遥小说中具有代表性的乡村女性刘巧珍、刘丽英和城市女性黄亚萍、贺敏为例，对路遥小说中的女性形象进行解读。

一、乡村女性：刘巧珍、刘丽英

存在于路遥小说中的乡村女性形象，虽然被路遥赋予了不同的姓名，她们身上也发生着不同的故事，她们的人生际遇也并不相似，但是从本质上来说，她们却有着一个共同的名字——"刘巧珍"。从某种意义上来说，路遥小说中，刘巧珍以外的乡村女性都是以刘巧珍为蓝本演化出来的：刘丽英是不安分的刘巧珍，贺秀莲、孙卫红则是不同文本空间中的刘巧珍，田润叶、孙兰香、金秀、郑小芳是接受了教育、成为知识分子的刘巧珍，甚至连田晓霞身上都在某种程度上有着刘巧珍的影子。曾有论者指出路遥小说《人生》中的刘巧珍是"乡土文化的代表性人物"，"在刘巧珍身上，体现着乡土文化稳定、祥和、秩序井然的一面"，她的身上"具有了一种象征的意味：她是乡土文化的符号性表征，她的隐忍、善良、宽厚、真诚甚至是博大的胸怀成为乡土文明的代名词"。①

这些存在于不同文本空间中的"刘巧珍",除了在外貌上十分出众之外,还都执着于对爱情的追求,也大都有着令人嗟叹的结局——刘巧珍被高加林抛弃,匆忙地与她并不爱的马栓结婚;刘丽英经历了两次失败的婚姻,饱尝生活的苦果;田润叶与孙少安的感情无果,与丈夫李向前的关系也是经历了一个苦涩的漫长的充满煎熬的阶段;贺秀莲在嫁给孙少安后,因过度劳累罹患肺癌,并没有享受到孙少安创业成功的果实;就连与揽工汉孙少平相恋的田晓霞,也因一场洪水的到来仓促地结束了自己年轻的生命。在这一层面上来看,路遥小说中这些有着相似的外在,在性格、文化心理方面也几乎一致的乡村女性形象都可以视为刘巧珍的化身。因此,在接下来的论述中选取《人生》中的刘巧珍为阐释的对象,对路遥小说中生活在乡土景观中的乡村女性形象进行解读。

刘巧珍在农村生活中的自信来自她姣好的容貌、良好的家境以及她的"能劳动"。但是从其与高加林短暂的交往来看,他们在"谈恋爱"时,能够引起心灵共鸣的话题是不多的。他们二人在交流中的障碍,在刘巧珍去县城看望参加工作后的高加林时是十分明显的。对于刘巧珍絮叨的乡村生活的琐事,高加林是不感兴趣的。而不识字的刘巧珍又无法与高加林讨论其感兴趣的国际时事或是诗词歌赋等脱离农村生活经验的话题。所以,在家境良好、容貌靓丽又是播音员的城市女孩黄亚萍面前,刘巧珍相对于其他农村姑娘的优势便不复存在。

刘巧珍身上所具备的吸引高加林的特质,黄亚萍都具备,而且比刘巧珍更有优势——黄亚萍与高加林在三年高中生活中的交往,早已在高加林的心中埋下了一颗爱情的种子。只不过由于高中毕业后,二人身份上的差距使得这颗种子难以萌芽。当高加林进城当了通讯员,实现了身份的转变之后,

---

① 石天强. 断裂地带的精神流亡:路遥的文学实践及其文化意义 [M]. 北京:北京大学出版社,2009:137.

这颗爱情的种子终于破土而出。即使黄亚萍不主动追求高加林，高加林、刘巧珍这对精神世界里的异路人也会因生活道路的不同而渐行渐远。

这里我们不禁要问，美丽、善良的巧珍为什么不努力提升自己，追赶高加林的步伐呢？不容忽视的一个事实是，刘巧珍对高加林的单恋是埋藏多年的。她的心情也随着高加林的求学、工作经历而跌宕起伏。高加林高考落榜，她暗自高兴，因为他们都是农民；高加林做了民办教师，她因清楚地意识到两人之间在身份上的差距而感到沮丧；高加林被"下了"民办教师而再次成为农民后，她一边替高加林难过，一边又掩饰不住自己内心的兴奋。可以说，刘巧珍把自己与高加林结合的可能性是寄托在高加林的"落魄"上的，而不是凭借自己的提高来拉近他们二人间的距离。

高加林在遭受生活的打击时，美丽的刘巧珍的大胆示爱无疑是一种雪中送炭的行为，她以女性的温顺给高加林的心灵带来了慰藉，使得颓唐的高加林重拾了生活的信心与勇气。但是我们不得不指出高加林对刘巧珍的接受中所掺杂的世俗的因素。比如身为高家村"二能人"刘立本女儿的刘巧珍，一直拒绝马栓的提亲，而主动向高加林示爱，对于身为男性的高加林来说，意味着他与马栓在无形的竞争中取得了胜利；再比如刘立本一直瞧不起高加林，认为他只是一个"文不上，武不下"的穷小子，而刘巧珍为了与高加林在一起，不惜违抗父亲的命令，并且与父亲发生了激烈的冲突。在某种层面上来看，高加林与刘巧珍的公开恋爱，可以视为其对刘立本的一种报复行为。可以说，高加林因刘巧珍对他的倾心和自己在爱情上的胜利，而获得了自己作为男性的自信。这种自信，足以使他暂时摆脱对农民这一身份的焦虑。但是当高加林在马占胜的安排下，进入商品粮的世界，成为城里人后，他就不再需要通过刘巧珍对他的迷恋来确认自己存在的价值了。

另外，刘巧珍与高加林分手后迅速与农民马栓结婚，并且在婚礼的行程安排上一律按照过去的老乡俗行婚礼。刘巧珍在追求高加林这个接受了现代教育的"新"青年的过程中受挫，转而投入"旧"传统的怀抱中寻找安慰。"她绝没有想到，她把自己的命运与马栓结合在一起；她心爱过的人是高加林！她为他哭过，为他笑过，做过无数次关于他的梦。现在，梦已经做完了……"刘巧珍在心底仍然不能忘记高加林。在得知她的姐姐刘巧英要去整治、奚落被开除的高加林时，刘巧珍跪在姐姐面前替高加林求情："我给你跪下了！姐姐！我央告你！你不要这样对待加林！不管怎样，我心疼他！你要是这样整治加林，就等于拿刀子捅我的心哩……"①除此之外，她还替高加林在乡村的生活做着打算，筹划着让高加林做民办教师。为了能够让高加林教书，刘巧珍让她的丈夫马栓代表马店村去公社给高加林说项，并且还央求姐姐刘巧英去求她的公公高明楼。

我们如何看待刘巧珍在与高加林分手后这一系列以德报怨的行为呢？一方面，这固然与刘巧珍善良的天性分不开；另一方面，也可以理解为刘巧珍对高加林余情未了，毕竟她发自内心地爱了高加林那么多年，她是真心希望高加林能够过上理想中的生活。除此之外，我们还可以从文化心理上对刘巧珍的行为方式进行解读。

在刘巧珍与高加林的关系中，刘巧珍一直扮演着一种接受高加林教导的服从者、奉献者的角色：高加林教导刘巧珍要讲卫生，刘巧珍就不顾众人的眼光刷起了牙；高加林在县城接受的中学教育使他在审美上倾向于城市，刘巧珍就在穿衣打扮方面朝城市青年靠拢；高加林在经济上的拮据使他难以维持吸烟的不良嗜好，刘巧珍就用自己的私房钱给高加林买烟；高加林把刘巧珍叫到县城，告诉她自己可能要去几千里路以外的地方工作后，刘巧珍也善解人意地开解高加林："……加林哥，你再别说了！你的意思我都明白了！你……去吧！我决不会连累你！加林哥，你参加工作后，我就想过不知多少次了，我尽管爱你爱得要命，但知道我配不上你了。我一个字不识，给你帮不上忙，还要拖累你的工作……你走你的，到外面找个更好的对象……到外面你多操心，人生地疏，不像咱本乡田地……加林

---

① 路遥. 人生［M］. 北京：北京十月文艺出版社，2011：239.

哥，你不知道，我是怎样爱你……"①也就是说，在刘巧珍与高加林的恋爱关系中，他们二人并不处于平等的位置上。这种男女两性关系中的不平等，除了刘巧珍、高加林二人的性别因素外，还有乡村传统文化观念的影响，同时还掺杂着现代文化或者说是现代知识的因素。

知识使得高加林区别于马栓这样的乡村青年。刘巧珍之所以暗恋高加林多年，就是因为高加林有文化、有知识。但是刘巧珍对现代文明的渴慕仅仅停留在喜欢文化人高加林的阶段，她并没有主动学习文化知识，谋求自身素养的提升，以弥补她与高加林之间的差距。所以说，刘巧珍与高加林在爱情上的悲剧结局，从高加林一方来说，固然有其急于摆脱农民身份，追求更好的前途的因素，与刘巧珍的结合，对于高加林来说会加深他与土地、乡村之间的牵绊；但是刘巧珍的故步自封、安于现状也造成了她与高加林、与时代的脱节。而刘巧珍之所以会安于现状，又与乡村历经千年积累的传统文化氛围相关。这就涉及传统文化对女性的家庭身份、社会身份的规范。在讲究纲常伦理的传统文化中，女性在家庭中的角色是女儿、妻子、母亲。这就要求女性在未成年时服从父亲的权威，在结婚之后承担起作为妻子、母亲的责任。作为妻子，要为夫尽孝、要为家族繁衍子嗣；作为母亲，则要承担抚养孩子长大的义务。在"男主外、女主内"的传统社会中，女性身上主要是家庭责任，并不需要承担太多的社会责任。因此，女性也就无须具备社会生活所需要的知识、技能。在以女性对男性的服从为美德的传统文化中，女性一直处于受压抑、被支配的从属地位，基本上丧失了自己的独立意识。即使在新中国成立后，"重男轻女""女子无才便是德"的封建思想以及"父母之命，媒妁之言""门当户对"的婚姻观念，依然笼罩在很多人的脑中，成为阻碍社会进步的枷锁。

简而言之，传统的牵绊在刘巧珍身上表现为她的故步自封。她把对现代文明、对文化知识的向往全都寄托到了高加林这个知识青年身上。虽

①路遥.人生［M］.北京：北京十月文艺出版社，2011：194.

然她在与父亲刘立本争吵时抱怨父亲只知道赚钱，让她成了一个"睁眼瞎"，但是她与高加林恋爱的时候，也只是在卫生习惯、衣着打扮、行为举止上做了些许改变，并没有产生学习现代文化知识来摆脱"文盲"头衔的想法。从这一层面上来看，乡土文化中的道德规范阻碍了刘巧珍自身对进步与文明的追求。

小说《黄叶在秋风中飘落》中的刘丽英是一个不同于路遥小说中的刘巧珍（《人生》）、田润叶（《平凡的世界》）的独特的女性形象。刘丽英虽然只是黄土高原大山深沟里的一个家庭妇女，但是她作为一个漂亮的女人，"穿着入时，苗条的身材像个舞蹈演员"。虽然她已经是一个四岁孩子的母亲，但是她在心中仍然保持了一份少女的浪漫与天真。她不仅如饥似渴地阅读学校里订的文学刊物，而且还会讲述一些自己瞎编乱造的爱情故事，并且在讲述的过程中说得"泪水汪汪"。从这一点可以看出，刘丽英身上的文学青年的气质，使她对爱情抱有强烈的幻想。而刘丽英的丈夫，马庙小学的公派教师——高广厚，显然不符合她心目中理想爱人的形象。高广厚"粗胳膊壮腿，像一个地道的山民"，才三十岁出头的他，背已经"微微地有些驼"，而且"苍黑的脸上，已经留下岁月刻出的纹路"，他是一个沉默寡言的人，且"总给人一种愁眉苦脸的感觉"。可以说，高广厚是一个缺少男性魅力的人，既没有俊朗的外表，也没有幽默风趣的性格。这样的一个丈夫，自然不会引起"极标致"的刘丽英的喜爱。

刘丽英与高广厚的婚后生活也充满着不和谐的因素。她对儿子是极其疼爱的，但是对丈夫却很刻薄，经常在外人面前挖苦和骂他。高广厚面对妻子对他的冷嘲热讽总是一声不吭。从这一点上也可看出他缺少男子汉起码的气质，是个有些"窝囊"的男人。当马庙小学代课教师卢若琴有学问、有涵养且是县教育局副局长的哥哥卢若华闯入刘丽英的生活中时，老实巴交、性格内向的高广厚在刘丽英的眼中则更加的不堪。因此，刘丽英性格的两面性充分暴露了出来。她在卢若华面前谈吐文雅、彬彬有礼，面对高广厚时则"整天摔盆子掼碗，骂骂咧咧"，甚至在雨夜把脚碰烂了的高广厚拒之门外。这样一个没有幸福可言的家庭，终于因卢若华越来越频繁的出现而分崩离析。刘丽英做出了她人生道路上的一个重要决定——与高广厚离婚。

这里，我们顺着路遥在小说中的描写，回顾一下高广厚与刘丽英结婚时的具体情况。高广厚是"听着（瘫痪在床的）父亲不断的呻吟和看着母亲不断的流泪长大的"，由于他的寒酸以及"郁闷的性格"，没有女孩子喜欢他，所以他成了普遍早婚的农村青年中的大龄单身青年。直到他二十七岁时，才与别人给他介绍的刘丽英结婚。漂亮得像"仙女下了凡"的刘丽英本想找一个体面的"公家人"，但她自己既没工作，又没城市户口，只好"屈驾"找了高广厚这个不太体面的公家人。可以说，高广厚身上吸引刘丽英的关键因素就是他公派教师的身份。他们二人的结合是没有任何感情基础的。从路遥在小说中对刘丽英心理活动的描述我们得知，她在婚后不久就因为高广厚在拉关系、搞社交方面的死板而觉得高广厚"相当窝囊"。所以觉得"屈驾"了的刘丽英一直在言语行为上发泄着她对高广厚的不满，这才有了上文中刘丽英的嫌弃、咒骂以及排斥；而认为能和刘丽英这样的女人在一起生活"简直是一件不可思议的事"的高广厚，在婚后简直像丧失了人格尊严的乞丐一样，近似下贱地渴求着刘丽英施舍给他的温存。这种不平等的、没有感情的婚姻关系是极不稳固的。

如果说刘丽英因为自己是"一个没工作的农村户口的女人，又结过婚"而抑制住了与高广厚离婚的念头，勉强维持着与高广厚的婚姻，那么在她有了孩子之后，孩子则成为刘丽英情感寄托的对象，而且她对孩子表现出了强烈的占有欲，她甚至不愿意让高广厚与孩子亲近。但是当风度翩翩、极具男性魅力且又单身的卢若华闯入她的生活后，她就意识到改变自己生活面貌的机会出现了。卢若华成为刘丽英不能错过的获得幸福的机会。她为此和高广厚离了婚，并且因为意识到卢若华不愿接受她的孩子而把孩子也不要了。可以说，刘丽英为了能过上"好日子"已经无所顾忌。

当刘丽英重新结婚后，她从乡下小学教师的妻子变成了县教育局副局长的夫人，她因此"容光焕发，爱说爱笑，走路轻捷而富有弹性，很少有恼火的时候"。但是她在家庭中的地位也随之发生了变化：与高广厚在一起时，她在家中像一个暴君，丈夫高广厚对她可以说是言听计从；与卢若华结婚后，卢若华领导的身份使她在新家中变得小心翼翼，生怕惹卢若华不高兴。在这个新的家庭组合中，刘丽英、卢若华二人与其说是因为爱情而结合，不如说是双方各取所需。刘丽英因为卢若华过上了富裕、舒适、被人尊重的生活，并且成为城关幼儿园的老师；卢若华则得到了一个与他身份相匹配的漂亮妻子。但是他们的生活中也存在着不可调和的矛盾，那就是刘丽英对儿子的思念以及卢若华不许她与原来的家庭来往的矛盾，这也成为他们婚姻破裂的导火索。

在卢若华去地区开会期间，刘丽英的儿子因为急性肺炎住院，她没日没夜地守在医院里照顾自己的孩子而把卢若华的女儿托付给邻居照顾。卢若华回来之后，面对乱糟糟的家以及刘丽英只顾自己的孩子而不顾他的女儿的情况，在愤怒之下终于让刘丽英见识到了他粗暴的一面。刘丽英为了弥补自己的过失，拖着几天几夜没有睡过觉的身子给卢若华做晚饭来讨好他，但是卢若华并不领她的情。经过这次事件后，刘丽英像是突然间对新生活丧失了兴趣，而把自己的全部心思转移到了儿子身上。而卢若华则想方设法让刘丽英变成只属于他自己的女人，为此他把高广厚调到了一个离县城最远的连汽车都不通的农村小学去了。这也使他们二人之间的矛盾变得更加不可调和。卢若华用那些不堪入耳的词对她破口大骂，却在人前仍保持着彬彬有礼、谈吐文雅的风度，也使刘丽英对他产生了一种说不出的厌恶。在夫妻双方互相的厌恶由争吵发展为家庭暴力后，他们终于办理了离婚手续，刘丽英也结束了她短暂的、先甜后苦的、苦涩酸楚多于甜蜜幸福的城市生活。

路遥这篇小说中，刘丽英因其两任丈夫高广厚、卢若华在社会身份地位上的差异而在两段婚姻关系中与他们有着不同的相处模式。刘丽英在与高广厚的婚姻中对高广厚的嫌弃、咒骂、排斥等种种令人发指的行为的逻辑，其出发点就在于她在这段婚姻关系中的强势地位，她在家庭生活中对高广厚的颐指气使是与高广厚的"窝囊"分不开的；与此同理，在与卢若华的婚姻关系中，刘丽英在家庭中的地位发生了明显的转换，她时时刻刻都在讨好卢若华，生怕自己的某些行为引起卢若华的不满。刘丽英与卢若华的这种依附性关系，与卢若华的社会地位密切相关。可以说，正是高广厚（乡村公派教师）与卢若华（县教育局副局长）社会地位的差别导致了刘丽英在两段婚姻关系中扮演"妻子"这一家庭角色时大相径庭的表现。

刘丽英在两段婚姻关系中从家庭生活的主导者或者说是霸权者，到从属于丈夫的依附性角色的转变，暗含着作者路遥对城乡关系中至为重要的婚姻关系的思考。在当下的社会生活中，越来越多的家庭中夫妻双方各自的原生家庭在地理位置上存在着城市与乡村的差别。在这类城乡结合的家庭中，夫妻双方各自不同的地理文化背景造成的生活方式、行为习惯、价值观念等方面的差异会不可避免地导致夫妻双方家庭婚姻生活中的冲突与磨合。这种家庭生活中由城乡差异导致的摩擦与碰撞，是新时期城乡关系嬗变在家庭这个最小的社会生活单位中的反映，同时也从爱情和婚姻这一层面折射出了城乡之间的权力关系对城乡社会生活中千千万万普通人的家庭生活的影响。

二、城市女性：黄亚萍、贺敏

如果说刘巧珍是路遥小说中代表乡村文化的一个符号性的人物，那么我们同样可以把黄亚萍、贺敏视为城市文化的符号性表征人物。如果说《人生》中的刘巧珍身上体现出了乡村文化"稳定、祥和、秩序井然的一面"，那么在黄亚萍、贺敏身上则更多地呈现出城市文化动荡、不安的一面。黄亚萍、贺敏这类现代都市女性身上体现出了叙述人对都市的矛盾心态——对都市的渴望和羡慕以及因无法把握、征服都市而产生的焦虑和痛苦。

路遥通过对黄亚萍的行为，特别是其在情感关系中的行为的书写，将城市的现代感以碎片的形式传达了出来。黄亚萍并不是土生土长的山区县城姑娘，而是随着她父亲工作的变动而来到陕北县城的。黄亚萍这个见过世面的南方姑娘，凭借着聪敏、大方、不俗气的独特气质，在高中时期就吸引了高加林的注意。很少与班上那些"动不动就说吃说穿，学习大部分都赶不上男同学"的俗气女同学交往的高加林，经常与黄亚萍一起交流、讨论。高中毕业后，黄亚萍与高加林因为身份的不同而走上了不同的人生道路。黄亚萍凭借出色的普通话，成为县广播台的广播员，而高加林却只能回到农村当农民，身份上的差距中断了他们二人之间的交往。在高加林成为县城的通讯员前，此时的高加林与黄亚萍都是处于各自的恋爱关系中的。高加林的恋爱对象是高家村的社员刘巧珍，黄亚萍的恋爱对象是县副食公司的张克南。这两对恋人稳定的情感关系，因为高加林的进城而出现了变化，而这个变化是由城市姑娘黄亚萍引起的。当黄亚萍得知高加林也成了城里人后，她情感的天平明显向着高加林倾斜，并且主动对高加林展开了情感上的攻势。每个人都有恋爱的自由，但是我们不得不强调的是，主动追求高加林的黄亚萍，并没有与张克南分手。黄亚萍的行为对于两对恋爱关系中的受害者张克南、刘巧珍来说，明显是不道德的。但是路遥在小说中并没有从道德的角度指责黄亚萍、高加林在感情中的"背信弃义"，而是强调了他们二人结合的合理性——处于恋爱关系中的人，因为自身或第三者条件的变化而重新选择恋爱对象。这种合理性强调用一种变化或发展的眼光来看待爱情关系，而不是遵循着"从一而终"的道德规范。也就是说，黄亚萍、高加林的恋爱关系一直处于一种变化的状态之中，随时会因其自身或外在条件的变化而变化。因此，黄亚萍只会在高加林摆脱农民身份后才会把他看作一个潜在的恋爱对象，当高加林再次变成农民后，黄亚萍与高加林的感情也随之破裂。

我们不能因为黄亚萍这种讲究"条件"的恋爱观而将其看成情感关系中的"势利小人"，与之相反，黄亚萍在与高加林的感情关系中是十分投入的。这种投入表现在两个方面：一是黄亚萍对高加林在物质方面的付出，二是黄亚萍对高加林人生道路的规划。在物质方面，黄亚萍对高加林是非常大方的，她几乎将自己的工资全部花在了高加林的身上。黄亚萍不仅按照自己的审美观点用各式各样的时兴服装对高加林的衣着外貌进行了改造，而且还源源不断地为高加林提供咖啡、可可粉、高级牛奶糖等农村不常见的吃食。不仅如此，聪敏的黄亚萍还将她与高加林的感情与高加林的个人前途联系在了一起。对于高加林这个志向高远的青年来说，与黄亚萍结合不仅仅是得到一个有文化、聪敏、家庭条件好的恋人，而且黄亚萍还能为他提供一个美好的前程——去南京当记者。可以说，高加林在南方姑娘黄亚萍的爱情攻势下，几乎毫不犹豫地抛弃了刘巧珍，投入黄亚萍给他描绘的美好前景中。尽管黄亚萍在高加林身上投入了很多的感情，但这并不妨碍她在高加林被撤职后对他们未来的绝望。如果说摆脱农民身份的高加林获得了走入黄亚萍感情世界的门票，那么再次成为农民的高加林无疑已经失去了成为黄亚萍恋人的资格。高加林对此也是有着清醒的认识的，因此他才会主动找黄亚萍断绝关系。路遥在《人生》中通过对黄亚萍、高加林二人恋爱经历的书写，为我们呈现出了城市生活荡不安、变幻莫测的一面。正如路遥在文中通过高加林之口对他们这段情感关系的反思那样，即使高加林顺利地去了南京，他也并不能保证黄亚萍会永远爱他，而不是在遇见更优秀的男人后像甩了张克南那样把他甩到一边。与之相反的是，如果结婚对象换成刘巧珍，高加林就敢保证刘巧珍会永远爱他。可以说，路遥在小说《人生》中，通过黄亚萍、刘巧珍在感情关系中的不同行为，为我们呈现了城市和乡村两种不同的文化形态和价值观念。

在另一部小说《你怎么也想不到》中，路遥同样为我们展示了来自乡村的知识分子薛峰在面对贺敏这个表征城市文化的符号性人物时的折服与战栗。贺敏是路遥小说中极少数的真正的现代都市女性形象，她出生于省城，成长于省城，有着与乡村价值截然不同的观念，因此也对乡村文化造成了更为猛烈的冲击。

贺敏是一个各方面都"现代化"了的姑娘。她不仅有着省城最时髦的衣着，还有着最时髦的爱好——朦胧诗、硬壳虫音乐、现代派绘画、意识流小说……为了与贺敏的"现代化"风度相适应，薛峰给自己购置了上海出的时髦的青年装、三接头的皮鞋以及蛤蟆镜，并且故意把头发留长了，在衣着外貌上也朝着"现代化"的贺敏靠拢。在贺敏的引领下，薛峰过上了一种从未体验过的"高级"生活：音乐会、画展、电影、交响乐、迪斯科……但是，薛峰却也意识到了与贺敏在一起的危险性，"在这些短短的日子里，我已经很难把握住自己了，就像醉汉驾驶一叶小舟盲目地航行在狂涛巨浪中，随时都面临危险，但又充满一种危险中的快乐"。

贺敏不仅让薛峰见识到了省城高干子弟的"高级"生活，为他打开了新世界的大门，而且还用实际行动震撼了薛峰的精神世界。在省军区家属楼的一个家庭舞会中，薛峰亲眼看到他的女朋友贺敏正在与一个男的亲密地挤在一起跳迪斯科并且接起了吻！贺敏这个彻彻底底的现代都市女性，用其放浪形骸的举止给薛峰这个来自乡村的青年造成了极为严重的精神冲击。从家庭舞会中落荒而逃的薛峰不仅在省城的街道上摔得头破血流、眼冒金星，而且在生活和工作上都变得极为颓废——"整天昏昏沉沉，什么也不能使我（指薛峰）激动"，曾经的青年诗人开始在西华饭店的小酒铺中消磨时光，过着无聊与空虚的生活。

简而言之，以刘巧珍、刘丽英为代表的乡村女性和以黄亚萍、贺敏为代表的城市女性分别代表着乡村和城市两种不同的文化形态和价值观念，她们的身上也体现着乡村和城市这两种不同的空间景观和个性特征。她们都与高加林、薛峰这类从乡村走出来的青年发生了情感上的纠葛。总的来说，黄亚萍、贺敏作为都市欲望的符号，不仅重新塑造了高加林、薛峰这类乡村个体的精神世界，而且轻而易举地击溃了来自乡村的道德感——高加林、薛峰在获得了城市女孩的青睐后，都抛弃了他们的乡村恋人。也就是说，在路遥的小说中，黄亚萍、贺敏这些代表城市的符号性人物几乎不费吹灰之力就将刘巧珍、郑小芳这些乡村价值的体现者驱逐出了情感的竞技场。路遥通过对其笔下的高加林、薛峰、黄亚萍、贺敏等人情感选择的书写，呈现出了个体在都市中存在的不确定感。贺敏、黄亚萍这类漂亮却令人不安的女性形象，无疑具有都市形象隐喻的意味。

结语

    生于1949年的路遥是一个与新中国共同成长的作家。他童年时被过继到大伯家的经历让他过早地饱尝了生而为人的艰辛，青年时曲折的人生历程使他对当代城乡社会生活有了自己独特的体悟。因此路遥在写作中并没有随波逐流，而是有着自己独特的观察视角，他的创作也在新时期的文坛中呈现出不一样的光彩。早有论者指出了路遥小说在新时期文坛上的独特性。

    一是在七十年代末八十年代初开始的"伤痕文学"方起而渐兴之时，眼见得文坛上一个个无名之辈因了哀婉凄伤的控诉，一夜之间名闻全国，但是他却写出了《不会做诗的人》、《青松与小花》、《夏》等歌颂在"文革"背景下基层干部和知识青年的优秀品德和美好友谊等短篇，而中篇小说《惊心动魄的一幕》又将他对崇高美的追求推向高峰，塑造了一个宁愿牺牲自己也要保护群众的县委书记形象，以至秦兆阳同志认为它虽然不合当时的"时俗"，却非常"难得"。二是在文坛上许多人都沿着"伤痕"的思路，而"反思"造成"文革"悲剧的思想的社会的根源的时候，路遥却独辟蹊径，写出了关注现实的农村青年命运和发展的中篇力作《人生》，关注家庭伦理道德生活的《黄叶在秋风中飘落》，塑造了献身家乡人民的女大学毕业生形象的《你怎么也想不到》。第三则是在一九八三年以后中国文坛受到西方现代主义哲学文艺思潮冲击的情况下，他却毅然坚持了现实主义的创作道路，构思和创作了全景式地表现当代城乡社会生活，展示普通人命运和心路历程的长篇小说《平凡的世界》（一、二、三部）。①

在某种层面上来讲，正是由于路遥的独特性、不合"时俗"，使得路遥赢得了广大读者的青睐，他的小说《平凡的世界》也成了经久不衰的"常销书"。与路遥在广大读者特别是社会底层青年读者群中长久的影响力形成鲜明对比的是，他在新时期以来的中国当代文学史中一直处于被遮蔽的状态。②路遥在文学史上的位置，从赢得学术界广泛赞誉的文学史论著中可见一斑。这也是在进入21世纪的第二个十年，面对中国现当代文学众多研究对象，笔者选取路遥作为研究对象的原因之一。

路遥说："作家的劳动不仅是为了取悦于当代，更重要的是给历史一个深厚的交代。"③路遥在写作中"以农夫般坚定笃实的耕耘沉默地守护人类纯美的精神家园，在孤独寂寞的精神苦旅中高扬起人的理想、信念和追求"④。从上文对路遥小说的多角度阐释中，我们不难看出路遥对文学"时代意义"和"社会意义"的重视，对当代正在发展着的社会现实和人民生活的关注。

路遥把人生的苦难当作小说的主题内容来写，但他并不是一味地渲染苦难，而是通过苦难来表现人的人格尊严、道德良善，写出人在面对苦难时不屈的精神力量以及对"好的生活"的追求。路遥在写作中一直强调人在苦难前的顽强的生存意志和乐观的生存态度。在路遥的小说中，我们很

---

① 李星.在现实主义的道路上——路遥论［J］.文学评论，1991（4）：88-89.

② 在洪子诚所著的《中国当代文学史》、陈思和主编的《中国当代文学史教程》以及杨匡汉、孟繁华主编的《共和国文学50年》这三本被作为多所高校学生教材或重要参考书的文学史著作中，路遥及其作品基本上处于被忽视的状态。

③ 路遥.早晨从中午开始［M］.北京：北京十月文艺出版社，2012：5-6.

④ 王金城.世纪末大陆文学的两个观察视点［J］.中国人民大学学报，1999（5）：117.

少看到被苦难击倒的人物。路遥小说的主人公大都是生活中的强者，他们在生活的挫折和打击面前没有萎靡不振，也没有一蹶不起。他们不是用消极的、毁灭性的方式来对抗苦难，而是包容苦难、超越苦难。正因如此，路遥塑造出的人物形象不仅被读者广泛讨论，而且在中国当代文学人物画廊中具有典型性，是中国小说中不曾出现过的崭新形象，如刘巧珍、高加林、孙少平。不仅如此，路遥小说中的人物还将对苦难的体验升华到了人生哲学的境界。高加林、孙少平等人物形象在对命运顽强的抗争、对理想信念的追求中张扬的人格力量，都值得我们思考和学习。在新世纪，我们要求作家什么，我们渴望看到什么，我想，路遥及其创作可以给我们提供一个答案。

改革开放后，城乡社会的发展带来了物质上的充盈，但金钱和财富带给人的仅仅是一种外在的满足，如何满足人们对于内在的幸福感的渴望成为路遥关注的重点。道德滑坡，拜金主义大行其道，人与人之间的关系愈发冷漠等社会弊病，困扰着路遥。路遥写传统美德，写人在极其困难的环境下战胜苦难的"崇高而光彩的道德力量"，可以视为其针对社会弊病开出的一道良方。正是路遥对生活的透彻理解、对时代内在危机的深刻洞察，使他在文学创作中塑造出了刘巧珍、德顺爷爷、孙少平、卢若琴等人物形象，"表现了我们这个国家、这个民族的一种传统美德，一种在生活中的牺牲精神"。对于路遥来说，克己利他的仁爱之心和道德上的良善，与人类生活的价值意义和人类的进步息息相关。路遥小说中这些人物身上体现出的人性的美好，为我们这个时代提供了进行自我认知的道德镜像。可以说，路遥及其文学创作为我们审视当下的文学面貌以及未来的文学走向提供了一个很有价值的观察视点。

参考文献

一、作品类

[1] 路遥. 人生［M］. 北京：北京十月文艺出版社，2011.

[2] 路遥. 平凡的世界［M］. 北京：北京十月文艺出版社，2011.

[3] 路遥. 一生中最高兴的一天［M］. 北京：北京十月文艺出版社，2011.

[4] 路遥. 早晨从中午开始［M］. 北京：北京十月文艺出版社，2012.

[5] 路遥. 路遥全集·散文、剧本、诗歌、书信［M］. 北京：北京十月文艺出版社，2012.

[6] 路遥. 路遥文集［M］. 北京：北京人民文学出版社，2005.

[7] 路遥. 路遥精选集［M］. 北京：北京燕山出版社，2006.

[8] 路遥. 姐姐的爱情［M］. 北京：中国青年出版社，1985.

[9] 柳青. 创业史［M］. 北京：中国青年出版社，2009.

[10] 高晓声. 陈奂生上城［M］. 兰州：甘肃人民出版社，1981.

[11] 张贤亮. 绿化树［M］. 北京：北京十月文艺出版社，1984.

[12] 陈忠实. 四妹子［M］. 长春：时代文艺出版社，2008.

[13] 张炜. 古船［M］. 北京：作家出版社，1996.

[14] 王润滋. 鲁班的子孙［M］. 长春：时代文艺出版社，1986.

［15］贾平凹. 小月前本［M］. 广州：花城出版社，1984.

［16］贾平凹. 腊月·正月［M］. 北京：北京十月文艺出版社，1984.

［17］贾平凹. 浮躁［M］. 北京：北京出版社，1993年.

［18］贾平凹. 鸡窝洼人家［M］. 上海：上海三联书店，2012.

［19］李锐. 厚土［M］. 北京：人民文学出版社，2018.

［20］史铁生. 我的遥远的清平湾［M］. 北京：北京十月文艺出版社，1985.

［21］古华. 芙蓉镇［M］. 北京：人民文学出版社，2000.

［22］周克芹. 许茂和他的女儿们［M］. 北京：人民文学出版社，2004.

［23］刘恒. 狗日的粮食［M］. 北京：作家出版社，1993.

［24］莫言. 白棉花［M］. 北京：民族出版社，2004.

［25］尤凤伟. 泥鳅［M］. 沈阳：春风文艺出版社，2002.

［26］王安忆. 上种红菱下种藕［M］. 上海：上海文艺出版社，2006.

［27］王安忆. 富萍［M］. 长沙：湖南文艺出版社，2016.

［28］阎连科. 受活［M］. 北京：北京十月文艺出版社，2009.

［29］孙惠芬. 民工［M］. 北京：作家出版社，2005.

［30］范小青. 城乡简史［M］. 南京：江苏文艺出版社，2011.

二、论文类

［1］秦兆阳. 要有一颗热情的心——致路遥同志［N］. 中国青年报，1982-03-25.

［2］雷达. 简论高加林的悲剧［J］. 青年文学，1983（2）.

［3］曹锦清. 一个孤独的奋斗者形象——谈《人生》中的高加林［N］. 文汇报，1982-10-7.

［4］蔡翔. 高加林和刘巧珍——《人生》人物谈［J］. 上海文学，1983（1）.

［5］王愚. 在交叉地带耕耘——论路遥［J］. 当代作家评论, 1984 (2).

［6］李星. 深沉宏大的艺术世界——论路遥的审美追求［J］. 当代作家评论, 1985 (3).

［7］曾镇南. 现实主义的新创获——论《平凡的世界》(第一部)［J］. 小说评论, 1987 (3).

［8］李星. 无法回避的选择——从《人生》到《平凡的世界》［J］. 花城, 1987 (3).

［9］李星. 论"农裔城籍"作家的心理世界［J］. 当代作家评论, 1989 (2).

［10］李星. 在现实主义的道路上——路遥论［J］. 文学评论, 1991 (4).

［11］白烨. 力度与深度——评路遥《平凡的世界》［J］. 文艺争鸣, 1991 (4).

［12］雷达. 史与诗的恢宏画卷［J］. 求是, 1991 (17).

［13］李继凯. 矛盾交叉:路遥文化心理的复杂构成［J］. 文艺争鸣, 1992 (3).

［14］肖云儒. 路遥的意识世界［J］. 延安文学, 1993 (1).

［15］梁向阳. 路遥研究述评［J］. 延安大学学报(社会科学版), 2003 (2).

［16］黄平. 从"劳动"到"奋斗"——"励志型"读法、改革文学与《平凡的世界》［J］. 文艺争鸣, 2010 (5).

［17］杨庆祥. 妥协的结局和解放的难度——重读《人生》［J］. 南方文坛, 2011 (2).

［18］程光炜. 关于劳动的寓言——读《人生》［J］. 现代中文学刊, 2012 (3).

［19］金理. 在时代冲突和困顿深处:回望孙少平［J］. 文学评论,

2012（5）.

［20］徐刚. 交叉地带的叙事镜像——试论十七年文学脉络中的路遥小说创作［J］. 南方文坛，2012（1）.

［21］海波. 我所认识的路遥［J］. 十月，2012（4）.

［22］董丽敏. 知识/劳动、青年与性别政治——重读《人生》［J］. 南开学报（哲学社会科学版），2014（6）.

［23］高明. 孙少平的阅读方式与时代意识——兼论路遥的现实主义［J］. 中国现代文学研究丛刊，2016（10）.

［24］刘进才. 乡村风景的发现与乡土空间的重构——从文学地理学视角看鲁迅及其影响下的乡土小说［J］. 鲁迅研究月刊，2016（5）.

［25］陈思.《平凡的世界》的社会史考辨：逻辑与问题［J］. 文学评论，2016（4）.

［26］杨晓帆. 城乡之辩、中西之辩与1980年代的现实主义危机——读路遥《早晨从中午开始》［J］. 扬子江评论，2017（4）.

［27］杨辉. 路遥文学的"常"与"变"——从"《山花》时期"而来［J］. 中国现代文学研究丛刊，2018（2）.

［28］王兆胜. 路遥小说的超越性境界及其文学史意义［J］. 文学评论，2018（3）.

［29］朱杰. 人生"意义"的重建及其限制——"潘晓难题"的文学展现（1980—1985）［D］. 上海：上海大学，博士学位论文，2010.

［30］许心宏. 文学地图上的城市与乡村——二十世纪中国小说"城—乡"符号结构研究［D］. 杭州：浙江大学，博士学位论文，2010.

［31］徐勇. 八十年代小说创作与"青年问题"［D］. 北京：北京大学，博士学位论文，2012.

［32］盛翠菊. 百年"乡下人进城"小说叙事研究［D］. 扬州：扬州大学，博士学位论文，2017.

三、论著类

[1] 赵学勇. 生命从中午消失——路遥的小说世界 [M]. 兰州：兰州大学出版社，1995.

[2] 王西平，李星，李国平，等. 路遥评传 [M]. 西安：太白文艺出版社，1997.

[3] 宗元. 魂断人生——路遥论 [M]. 上海：上海文艺出版社，2000.

[4] 马一夫，厚夫. 路遥研究资料汇编 [M]. 西安：中国文史出版社，2006.

[5] 雷达. 路遥研究资料 [M]. 济南：山东文艺出版社，2006.

[6] 李建军. 路遥十五年祭 [M]. 北京：新世界出版社，2007.

[7] 邢小利，李建军. 路遥评论集 [M]. 北京：人民文学出版社，2007.

[8] 马一夫，厚夫，宋学成. 路遥纪念集 [M]. 北京：人民文学出版社，2007.

[9] 申晓. 守望路遥 [M]. 西安：太白文艺出版社，2007.

[10] 梁颖. 三个人的文学风景：多维视镜下的路遥、陈忠实、贾平凹比较论 [M]. 北京：人民出版社，2009.

[11] 石天强. 断裂地带的精神流亡——路遥的文学实践及其文化意义 [M]. 北京：北京大学出版社，2009.

[12] 程光伟，杨庆祥. 重读路遥 [M]. 北京：北京大学出版社，2013.

[13] 张艳茜. 平凡世界里的路遥 [M]. 西安：陕西人民出版社，2013.

[14] 厚夫. 路遥传 [M]. 北京：人民文学出版社，2015.

[15] 段建军. 路遥研究论集 [M]. 西安：西北大学出版社，2016.

[16] 王刚. 路遥年谱 [M]. 北京：北京时代华文书局，2016.

［17］杨晓帆.路遥论［M］.北京：作家出版社，2018.

［18］吴妍妍.作家身份与城乡书写［M］.北京：中国社会科学出版社，2009.

［19］吴妍妍.现代性视野中的陕西当代乡土文学［M］.北京：人民出版社，2010.

［20］赵顺宏.社会转型期乡土小说论［M］.上海：学林出版社，2007.

［21］丁帆.中国乡土小说史［M］.北京：北京大学出版社，2007.

［22］王光东.中国现当代乡土文学研究（上、下卷）［M］.上海：东方出版中心，2011.

［23］王光东.二十世纪中国文学与民间文化［M］.上海：复旦大学出版社，2007.

［24］季红真.文明与愚昧的冲突［M］.上海：华东师范大学出版社，2014.

［25］汪民安.现代性［M］.桂林：广西师范大学出版社，2005.

［26］陈思和.中国现当代文学名篇十五讲［M］.北京：北京大学出版社，2013.

［27］陈思和.新时期文学简史［M］.桂林：广西师范大学出版社，2010.

［28］赵园.北京：城与人［M］.北京：北京大学出版社，2002.

［29］赵园.论小说十家［M］.上海：华东师范大学出版社，2014.

［30］尤迪勇.空间叙事学［M］.北京：生活·读书·新知三联书店，2015.

［31］费孝通.乡土中国［M］.北京：人民出版社，2008.

［32］费孝通.中国士绅——城乡关系论集［M］.赵旭东，秦志杰，译.北京：外语教学与研究出版社，2011.

［33］邹兵. 小城镇的制度变迁与政策分析［M］. 北京：中国建筑工业出版社，2003.

［34］李强. 社会分层十讲［M］. 北京：社会科学文献出版社，2008.

［35］贺雪峰. 新乡土中国：转型期乡村社会调查笔记［M］. 南宁：广西师范大学出版社，2003.

［36］胡兆量，等. 中国文化地理概述［M］. 北京：北京大学出版社，2001.

［37］俞孔坚. 景观：文化、生态与感知［M］. 北京：科学出版社，1998.

［38］温铁军. 八次危机：中国的真实经验（1949—2009）［M］. 北京：东方出版社，2013.

［39］苏阳，冯仕政，韩春萍. 中国社会转型中的阶级［M］. 北京：社会科学文献出版社，2010.

［40］阎云翔. 私人生活的变革：一个中国村庄里的爱情、家庭与亲密关系（1949—1999）［M］. 龚小夏，译. 上海：上海书店出版社，2009.

［41］阎云翔. 中国社会的个体化［M］. 陆洋，等译. 上海：上海译文出版社，2012.

［42］周罗庚、夏禹龙、谢维俭. 市场经济与当代中国社会结构［M］. 上海：三联书店，2002.

［43］〔英〕雷蒙·威廉斯. 乡村与城市［M］. 韩子满，刘戈，徐珊珊，译. 北京：商务印书馆，2013.

［44］〔法〕居伊·德波. 景观社会［M］. 张新木，译. 南京：南京大学出版社，2017.

［45］〔美〕约翰·布林克霍夫·杰克逊. 发现乡土景观［M］. 俞孔坚，陈义勇，等译. 北京：商务印书馆，2016.

［46］〔美〕戴维·斯沃茨. 文化与权力：布尔迪厄的社会学［M］. 陶东风，译. 上海：上海译文出版社，2006.

［47］〔日〕柄谷行人. 日本现代文学的起源［M］. 赵京华，译. 北京：三联书店，2003.

［48］〔美〕华莱士·马丁. 当代叙事学［M］. 伍晓明，译. 北京大学出版社，2005.

［49］〔英〕安东尼·吉登斯. 现代性的后果，田禾，译. 南京：译林出版社，2000.

［50］〔英〕安东尼·吉登斯. 现代性与自我认同［M］. 赵旭东，方文，译. 北京：生活·读书·新知三联书店，1998.

［51］〔英〕E·M·福斯特. 小说面面观［M］. 上海：上海译文出版社，2016.

［52］〔美〕李欧梵. 上海摩登：一种新都市文化在中国（1930—1945）［M］. 毛尖，译. 杭州：浙江大学出版社，2017.

［53］〔英〕迈克·克朗. 文化地理学［M］. 杨淑华，宋慧敏，译. 南京：南京大学出版社，2005.

后记

本书是以我的博士论文为基础修改而成的。

从2016年确定论文选题开始，到2019年论文最终定稿，我像一个勤恳的农民那样，上午就去上海大学图书馆的自习室做论文，一直待到图书馆闭馆再披星戴月地回博士生公寓休息。在经历了三年的"图书馆—宿舍"的两点一线的"耕作"后，当我终于写完最后一个字并按下保存键时，真的有一种解脱的感觉，并有些许的惊讶：我居然真的把论文写出来了！三年漫长的劳作换来如今这本薄薄的小册子，也算是对自己学生时代的一个交代与总结。

本书能够顺利完成尤其要感谢我的博士生导师王光东老师，他经常与我讨论论文的标题、结构、文字、内容等问题，在反复的讨论与修改中，论文得以成型。王老师独到的学术眼光、开阔的思路、深厚的学养以及对待生活豁达的态度使我在博士研究生的学习生活中受益良多。

还要感谢我的硕士生导师隋清娥老师，是她一直鼓励我继续深造，才使我有了攻读博士学位的信心与勇气。在这里对隋老师多年来的关心与支持表示感谢。

最后要感谢我的爱人程义勇先生以及我的双亲，在上海大学读书期间，是他们承担了家庭生活的重担，尤其是照顾年幼的孩子，使我能够安心地在学校里学习。

是为记。

刘雪萍

2022年3月